最初的餐桌记忆

食光蜜语

Light Sweet Food

宇文正／著

北京时代华文书局

图书在版编目（CIP）数据

食光蜜语 / 宇文正著. -- 北京 : 北京时代华文书局, 2017.8
ISBN 978-7-5699-1707-9

Ⅰ. ①食… Ⅱ. ①宇… Ⅲ. ①随笔－作品集－中国－当代 Ⅳ. ① I267.1

中国版本图书馆 CIP 数据核字 (2017) 第 135892 号

食 光 蜜 语
Shi Guang Mi Yu

作　　者 | 宇文正

出 版 人 | 王训海
选题策划 | 曾　丽
责任编辑 | 岳　伟　石乃月
装帧设计 | 孙丽莉　段文辉
责任印制 | 刘　银　范玉洁

出版发行 | 北京时代华文书局 http://www.bjsdsj.com.cn
北京市东城区安定门外大街 136 号皇城国际大厦 A 座 8 楼
邮编：100011　电话：010－64267955　64267677
印　　刷 | 北京卡乐富印刷有限公司　010－60200572
（如发现印装质量问题，请与印刷厂联系调换）
开　　本 | 880mm×1230mm　1/32　　印　　张 | 7.5　　字　　数 | 146 千字
版　　次 | 2017 年 10 月第 1 版　　印　　次 | 2017 年 10 月第 1 次印刷
书　　号 | ISBN 978-7-5699-1707-9
定　　价 | 45.00 元

推荐序

做菜的幸福

蒋勋

飞格鲁吉亚的第比利斯，要经香港，转伊斯坦布尔，再搭土耳其航空沿高加索山脉南侧，飞到纵谷间建成的古都。

路程接近二十个小时，我带着宇文正的这本书，一路看，一路笑，时而昏睡，仿佛有“宇文食谱”口齿余香陪伴入睡。忽然从无何有之乡醒来，腹中饥肠辘辘，知道是故乡用餐时间，身体器官都记得把你叫醒。宇文正的做菜笔记，此时就更像一本心灵食谱，知道乡愁只有吃食可以疗愈。晋人张翰在北方做官，秋风一起，他想念故乡鲈鱼莼菜羹，就辞官回家了。

鲈鱼莼菜羹，比历史上虚夸的忠君爱国故事更踏实，让一个人可以回家，让迷失回不了家的都有反省。像台南的虱目鱼粥吧，几次在国外奔波，也都会忽然因为那一碗粥，想家想到不行。

气、味、口感和记忆有这么深切的关系吗？

宇文正的这本书，不是一篇一篇写出来的“字”，是一道一道做出来的“菜”。

这几年，社会上哄传的馊水油事件，使得人人惊慌愤慨，见了面都相互询问：“还有什么可以吃？”

一个努力推广饮食革命的朋友，很激进，她提出一个运动的口号：“不吃不认识的人做的东西！”开会的“革命同志”异口同声说：“哇！这太难了吧！”

这个激进口号被否决了，我却因此想到，二十五岁以前，我几乎餐餐都是吃老妈做的菜，包括便当。

现在的上班族、学生都是吃外卖，你知道你的三餐是谁做的吗？是怎么做的吗？是用什么材料做的吗？哇！不敢想！

我们的食品安全，或许不是食物出了问题，会不会是人出了问题？会不会是伦理出了问题？如果没有人对人的关心，食、衣、住、行，哪一样不会出问题？

小时候读到“君子远庖厨”，我就在心里笃定，知道自己绝不是儒家认同的“君子”。因为我总是跟母亲上菜场，挑菜蔬、选瓜果，看鱼新不新鲜，嗅觉、触觉、视觉都要用到。看鱼贩将鱼剖肚，剜肠，掏腮；看屠户用刀，片出猪腰的筋、管；看打面皮的人手持面团，仿佛舞蹈跳跃，神乎其技，在热腾腾的平底铁锅上摊一层薄薄的春卷皮——这些都是我童年最大的快乐，也是母亲最大的快乐吧。母亲了不起，从来没有把我的学校功课当一回事，或许她觉得带着我一起买菜、做菜，才是最好的教育吧！

母亲将每一片菜叶都在水龙头下面一遍遍冲洗，芋头用铁汤匙刮去皮。我爱吃芋头炖鸭，母亲就让我坐在小板凳上学去皮，教我如何去芋头皮而不会手痒。哥哥爱吃猪肠、猪肚，母亲用盐、面粉一道一道搓洗，去腥去油。家里每天会现炸猪油，白玉般的板油切丁，在铁锅里炼，玉块融化，在清澄的热油中翻成酥黄油渣。我喜欢吃猪油渣，母亲就试着把油渣剁碎，加上自己碾的花生粉，加一点糖，搓成我一生觉得最好吃的汤圆。

这样麻烦，现代人怎么可能做到？然而我一直觉得理所当然，我受宠，跟母亲分享了生活的幸福，母亲不会觉得麻烦，因为她是做给关心的人吃。

母亲关心我们六个孩子，她做的便当就是宇文正做的六倍。

我以前没有想过，每一天母亲做好、等着孩子拿走的那些便当有多少数量。应该谢谢宇文正，她的书写，让我知道菜如果是做给关心的人吃的，就不会有食品安全的危险。

我们富有了，然而战战兢兢地活着，食品都像下了毒，每个人都在问：“还有什么可吃？”

我的幸福回忆是跟母亲一起择菜的时光，我们对坐，她说着《封神榜》的故事，偶然停下来，告诉我豆苗的下端粗老，用指甲一掐，就知道哪一段要掐去；豆苗前端的须也是硬梗，也要掐。现在的外卖，吃一口都是粗渣的豆苗，我就知道厨师与我何干，他干吗要细心费时间掐菜？

跟学生一起做菜，他们多半连“掐”这个字也不懂，最后全用刀切。有灵敏些的，问我萝卜切丝还是切片？我说：“切滚刀块……”他拿着刀傻眼，不知道我在说什么武侠招数。跟在老妈跟前，不知不觉学了很多。现在说教育问题吵到天昏地暗，幸好我退休了，对“滚刀块”或“滚刀快”有兴趣的学生，自然会跟在身边，其他的，我也无可奈何。

可以吃认识的人做的菜，是一种幸福；可以做菜给认识的人吃，也是幸福。这两种幸福都没有了，要“教育”何用？

这几年每次到伦敦，我都会去杰米·奥利弗（Jamie Oliver）的餐厅，三十岁刚出头的他就用餐食带动社会革命。首先，经过调查，他抨击英国学校餐食不健康，动手改革，带动第一波革命。第二波，收容街头游荡的辍学生在餐厅服务，学习饮食料理。我在他的餐厅，看到彬彬有礼的青年，跟我细说每一道菜的食材、做法。二〇一四年二月最近一次去伦敦，他已进行第三波革命，提供经费，让有经验的辍学生出去独立开店。杰米是我这几年的偶像，我再次相信，真正的革命是从餐食生活做起的，从人的关心做起的。

不能具体做改革，或许是无济于事的吧。

所以，宇文正的家人朋友真是幸福，但是我想，宇文正一定觉得她才是最幸福的吧，可以做菜给自己关心的人吃。没有关心的人，没有人关心，要“教育”何用？

这本书是幸福之书，写给对生活还有幸福向往的人。

到达了第比利斯，当晚鲁斯塔维的歌手设宴招待云门全团，到城外乡下歌手家中用餐。简单房舍，院子里一片葡萄园，紫色、白色的葡萄一串一串，三十多名舞者就坐在葡萄架下用餐。桌上的无花果、梨子、甜桃、黄瓜、西红柿，全是自家院子产的。几个歌手的太太忙进忙出，搬出自酿的红酒白酒。歌手则兼主厨，在炭烤架上弄着牛羊肉串，吱吱冒着香喷喷的烟气。摊出来的热面饼，发酵的奶酪，一问起来，都是自家做的，好像没有什么外采的依赖。

鲁斯塔维的歌手在全世界巡回演出，用他们从土地生长出来的歌声感动成千上万观众，然而到他们家乡，我们才知道，美丽的声音来自这样简单踏实的生活。

我想，激进的口号可以改为：请花一点时间，知道自己最爱的人在吃什么样的食物！

希望大家可以一起动手做“宇文食谱”！

推荐序

爱与创造，在小小方寸间

骆以军

我高中时带便当的记忆，源于那时母亲迷上健康饮食，便当盒底装的是糙米胚芽饭。这种饭，用那个年代还不进步的学校蒸饭箱一蒸，不知为何就有一种煳味，加上父亲有高血压的毛病，母亲给我们带的菜，少盐、清淡，那个年纪就觉得自己的便当“不好吃”。其实母亲过年煮一整桌年菜的手艺是呱呱叫的，那时她也是上班妇女，非常辛苦。总之高中记忆的便当，并不可口。

我当时在班上有点流氓的习气，会去“袭击”同学的便当。于是就有了一群男校同学抱着便当在前面逃，我拿支铁汤匙在后面追的纷乱印象。有的同学的便当乏善可陈，有抢过一家伙的便当，竟是白饭上面铺薄薄一层肉松，蒸过以后，感觉比我的饭还悲惨。有的就是丢一颗肉粽，说不定根本是买来的。有的是用火腿丁、冷冻豌豆做的蛋炒饭，很一般。有的就塞一堆可能是从整锅卤味里捞起的肉块、油豆腐、胡萝卜、海带卷，颜色黑而咸。还有更悲惨的，就铺着对剖一半的咸蛋，随便配点蒸黑的空心菜炒肉丝，或是只有一节咸鱼。

但有些家伙的便当，盒盖掀开时好像有仙乐飘出，红烧排骨、狮子头、漂亮的西红柿蛋、艳红的带壳虾子，鲜笋、茄子、丝瓜、青豆的颜色那么晶莹，就连酱烤鸡腿长得都和我们便当里的瘟鸡腿不同。每天菜品不同，调色还那么美丽，那是只有跟大人上馆子，才能有幸吃到的梦幻菜肴。那时，我们都流着口水，幻想这家伙的母亲一定是一位仙女。

直到在网络上，看到宇文正那些“帮儿子做便当”的文章，才恍然大悟，当年我们欣羡、嫉妒的某个同学的便当盒，那让年少的我们心痛的梦幻，那无法言说的白烟弥漫的奢侈，那不愿承认的“幸福”滋味，背后有一位布置每天不同菜品便当的母亲，像电影《海鸥食堂》《蒲公英》里对烹饪近乎虔诚、近乎爱情的母亲，她用秘密的时光创造了一个梦幻。

我和宇文正的友情，始于一个非常奇幻的场景。大约是在二〇〇五年，我为忧郁症所困有九个月的时间，每个月会到台安医院精神科挂号，看诊拿药。对我来说，那是一段无比暗淡的时光，就像坐在深井下。有一次，我仓皇走出医院，听见有人喊我，那人正是宇文正，她一脸甜美温暖的笑靥，询问我为何在此。很多年后，我才知道，当时她也是定期到医院回诊，她所得的是比那时的我更担忧害怕的奇幻的病痛。当然等我知道那一切时，她已彻底平安无事，我们在一家报社旁的小餐馆为她举杯祝贺。

这件事在我内心有两个隐秘的感想。其一是这位女孩，即使自己承受不为人知的压力、恐慌，她遇到你时，仍是一脸温暖、灿烂的笑。她还不是主管的那些年，总是忧心忡忡地告诉我，哪位同辈作家身体出了什么状况，哪位长辈作家吃了什么委屈，哪位我们认为极有才华的年轻小说家如何怀才不遇……当整体文学环境不再像我们年轻时那样“天宽地阔”而愈加艰难困厄时，她却保有我记忆中“副刊魂”的温度，疼老扶小，多了点“妈妈味”，用一个“我爱厨房”的明亮心情，对待现实世界各个时期的作者，尊重、珍视他们。

第二，她是个母亲。我们在医院门口匆匆偶遇时，我们各自的孩子，其时都还年幼。我是后来才体会到，那种像《龙猫》里作为隐约背景的“妈妈的病”，在孩子的世界可能遇见奇幻的遭遇。那个饱受病痛威胁的母亲，对着孩子时微笑，背后却有“若我不在场”的忧愁。尽管后来平安无事，但孩子或许永远不会知道，母亲可能为了他，对神明许下了超现实的愿望。

这两个“秘密”，其实都是“多出来的情感”。好像你伸手招呼时代的列车，它却不为所动，咣当咣当地离开你所站立的浮桥般的月台，一切依旧如看上去的那般岁月静好，至少是如常进行。于是你将手放回口袋，不过做了一个隐隐的循环手势。

其实这“多出来的情感”，正是“便当”。在那小小的方寸之间，宇文正将祝福、爱填塞进去，创造出美丽的时光。

祝福宇文正这本书。

推荐序

融融春日里的丰盛野宴

廖玉蕙

这既是一本实用的食谱，也是一本情趣盎然的散文集。宇文正声称原本只是想当个良母，为上高中的儿子持续做便当，谁知风风火火的，竟从“架空”的十年回到了生活里。不但一如承诺做出了许多便当菜，还因之写出了色香味俱全的散文集。摊开书本，就像在融融春日的如茵草地上，聚集了朋友来参与野宴，漂亮的草毯上摊着连绵迤逦的丰盛菜品，除惹人垂涎外，还附送洋洋洒洒的知识与温暖厚实的人情。

和宇文正相识后，偶尔聚餐，她总能找到让我们为之眼睛一亮的特色餐厅，相对于我们这些上了年纪的欧巴桑，我们总戏称她走的是“贵妇路线”。只当她喜欢吃、会吃，没料到她还真是饮食专家！不只是说得一口好菜，更是可以亲自上阵的厉害角色；看起来娇滴滴的、以为理当远庖厨的现代女性，竟然真的在厨房和文字间慢炖快炒起来。书中，不只谈食物和烹调，举凡和饮食相关的一切，如食谱、厨房、吃早餐的阳台、盛食物的美丽餐具、记事的布告板，甚至饮食记忆的过往人事，巨细靡遗，堪称一本味蕾与记忆结合的食谱。

相较于饮食文学的前辈作家林文月、蔡珠儿等人的书写，宇文正的这本书多了几分庶民的亲切俏皮与情趣。讲谈食材、铺陈做法的段落间，总不忘点缀一两则令人莞尔的小事或议论。譬如，《以酒入菜》开篇，先讲一段当新娘时给客人灌酒的桥段；《梨炒鸡》中，不忘调侃丈夫，通常一次只能吩咐他做一件事，“如今三样买了两样，命中率不算低”。谈到节瓜时，引《山南水北》里韩少功所说的“葡萄自杀案”，来推论得对食物说好话才能做出可口的菜，甚至诙谐地问桌上的节瓜要不要给它唱歌。她对于白花椰菜长得像树一样感到不解，感觉吃下一大朵花椰菜，就“仿佛吃进一座森林”。她遵照网络说法，将几颗苹果丢进马铃薯袋中，非但没有抑制马铃薯发芽，反倒让苹果跟马铃薯“一起老了”。

书里最有趣的是《闲扯蛋》一文，从“王盛弘现场朗读《料理一颗蛋》时，观众追问蛋清下落”写起，谈到蛋的各式料理，再谈当年十八岁的妈妈做出的一桌蛋，以及向婆婆道出水煮蛋煮得恰到好处的秘诀，甚至带出大学同学的特殊习惯——不吃还有“蛋的形状”的蛋，中间另穿插为何带“蛋”

字的语汇总是负面意义居多，以及有关蛋的典故。整篇文章东拉西扯，尽得“闲扯蛋”主题之旨，真是让人拍案叫绝。

除了行文灵动俏皮外，她还借着书写，追忆过去的美好时光。无论是在朝阳灿烂下或月光笼罩中，笔下人物，若非温馨的原生家庭里疼爱她的父、母、兄、嫂，就是甜蜜的小家庭中时常被她消遣的丈夫、常常抱怨她的儿子，还有她敬爱的公婆和一群共度青春岁月的同窗。

独身时的娇嗔和婚后的温婉，交织成一匹令人艳羡的生活织锦，而读者最羡慕的，应该是她被众亲友捧在掌心如珍珠一般疼爱的运气。

书中之人远不止于记忆中的至亲，文坛中人也纷纷出现。当年已然失忆的琦君，谈起自家手艺，仍隐隐透露得意之色；诗人陈育虹不时以电子邮件寄送私家食谱，仿佛以食入诗；小说家骆以军走出小说，进入生活的有关“霸凌”趣闻；汪启疆在餐桌上以大半碗生辣椒配白饭的壮举……凡此，都可见她人格特质的展现与对美好生活的追求。

宇文正谈吃，不止于实用的做菜方法和令人神往的昔日时光，她不但爱吃、会做，还努力探源，随手做功课。提到文火炖焙，顺手拈来《红楼梦》中宝玉爱吃的糟鹅掌、王熙凤说的茄鲞；谈大火快炒，则引证宋代沈与求《钱塘赋水母》诗；说白菜，不忘袁枚《随园食单》中的《杂素菜单》；谈大头菜，随即忆起日本《今昔物语》里的大芜菁故事和苏轼《忆江南》的“春色属芜菁”；谈到茄子，则引出战国时期阖闾为疼惜瘸腿的儿子，下令将茄子改称为“落苏”的传说……件件都有来历，让人阅之长了许多见识。

“食色，性也”，无论东西方，都承认饮食是人的基本欲望。这本散文集直接提供读者具体的做菜方法，间接点醒我们珍惜人间的缘会；此外，读此书还能长见识、赏情趣，实为当下勃发的饮食文学壮了不少的声色。

推荐序

日常的不凡

许悔之

这两三年来，看到宇文正为她儿子做便当的记事，总是心生欢喜！但又旋即惭愧。我大儿子考高中前，我也曾做了百来日的便当，但相对于宇文正之食单，我实在愧对我的小孩。

她于便当之用心，巧变，耐蒸，色美，味佳，营养，治大国若烹小鲜，没有干将莫邪炼剑之壮烈，却充满采花摘叶皆剑气的架势。况且，记述的文字，笔下生香，最是见得温柔与幽默双翼比飞。

我非君子，不远庖厨，偶尔烧菜给家人朋友吃，偶尔也应朋友家宴之请，权充外烩厨师，也知食物之心意和疗愈，世间少有能比。

若说林文月教授的《饮膳札记》是饮食书写的古典扛鼎，

那么，宇文正的这本书则是我们这个时代真正的“小确幸”经典了。

读完此书，乃知便当之事、一饮一食之间，人间缘会，真心在此。

自序

我们同甘共苦的一段“食光”

这些事情，孩子应该是不会记得了。在他婴幼儿时期，为了陪伴他成长，我曾辞去工作，一边当了全职母亲，一边写我最初的两本小说。

几乎只要是他醒着的时间，我便陪他玩，拿着图画书对他说个不停，他一睡着，我不是到厨房忙碌，便是抓紧时间写作。那样的生活，宁静而充实。厨房里摆满了制作婴幼儿食品的“小玩具”，有时把苹果磨成泥、葡萄榨成汁，有时用排骨汤熬营养粥、小鱼熬苋菜，又或是水蒸蛋、焗面包、翡翠豆腐羹。嫂嫂常叹气：“弄半天，就为了他今天的一两餐，吃那么几口，要我没这个耐性！”但我忙碌得很快乐。

他不是一个胃口好的小孩，大概觉得吃饭浪费时间，他恨不得所有时间都用来玩（现在也是啊），把他放在高高的儿童座椅里也没辙。要么拿本小书给他，让他翻着小书，不知不觉地把饭吃光；要么得唱歌，他专注倾听，我一首一首地唱，一匙一匙地喂。有一天，大学同学莉芬和秋停来看宝宝，见识到这种吃饭的场面，那时还未生产的莉芬诚惶诚恐地说：“如果妈妈不会唱歌，那怎么办？”她问秋停：“你给小孩喂饭时也得唱歌吗？”秋停答：“我不会让他们养成这种‘坏习惯’的！”

我实在不是一个教养书里强调的那种母亲，自己本来就没什么纪律，甚至心里是认同这小孩的，是啊，玩多么重要，那是小孩的天职啊！吃饭跟玩放在我的面前，我也选择玩啊。但不吃饭怎么长大？绞尽脑汁变换花样，我已想不起来当年做过多少五花八门的幼儿餐了。那时一空下来，满脑子只想写小说，思绪出入在厨房的烦琐与虚构的人物世界间，我没有把真实的人生好好记录下来，现在想来，总是遗憾。

孩子就这样长大了，没有太意外地，成为一个能够专注于自己兴趣的孩子，学吉他、玩摄影，都专心致志。他幸运地考上建中（台北市立建国高级中学），音乐、摄影是他生活的重心，功课又得跟上一群与他智商相当的孩子，相较之下，“吃饭”真是太浪费时间。人的天性，其实从小便看出来了。

公立高中学校没有营养午餐，中午休息时间又仅有一个钟头，就像当年我辞掉工作陪他成长一样，这次，我也没有太大的犹豫，一听到他紧张的午餐情况，便允诺他：“妈妈给你做便当吧。”

而这一次，我想要把为他做便当的种种心思，勾连起自己成长中对食物的所有印象，以及留学生涯里的厨娘时光，细致地记录下来，不愿将其遗失。孩子对于自己最初的餐桌记忆究竟还留下多少，我不知道，然而，这三年的便当，会是我们“同甘共苦”最有滋味的一段“食光”吧。

我常被朋友们叨念：“你太宠孩子啦！”我总是回答：“可是小时候，我爸妈也一样宠我啊，有把我宠坏吗？你说！你说！”威逼之下，谁敢说“有啊”。其实，一切是因为我自己乐在其中。我是喜欢做菜的，过去巨大的工作压力与写作生活，让我自废武功十年，如今重拾兵器，沾沾自喜。

有一回，一位旅美老师评价他的一个女学生，是那种个性好强、非常聪明、不会做菜的女孩子。我忍不住打断：“老师，聪明的女孩子，才会做菜。”做菜需要研究、思考，然后运用想象力、联想力，一如写作。辛苦的现代妇女手持锅铲，我们有方法、有效率、有原则，绝不是因为鲁钝什么都做不来，才来做饭的。

书写过程中，我常常将自拍的食物照片传到网上，得到许多回应。我想，我这一份在工作、家事的夹缝中制作便当的乐趣与心得，若能让读者在阅读的兴味之外，有些实际的收获，就再好不过了。

目录

CONTENTS

第二章　陶渊明种的是什么豆？

第三章　维也纳鸡排与丹麦炒饭

第五章　食光家常菜

第一章

▽

十年不磨剑

什么都能入菜，我的脑子被各种菜的组合盘踞，奇异的是，目前为止，身心并不因此疲惫，我甚至觉得从“架空”的十年回到了生活里来。

孟子曰：“民非水火不生活。”无水火，百姓便不能过日子，水火，主要用途便是炊煮之事。

“封铲”十年，回到生活里来

和小说家骆以军碰面谈事，他见我手上提一大袋东西，便展现君子风度说：“这是什么？要不要我帮你提？”

我向纸袋里探头，随口说了两样物品：“蘑菇、干贝酱油露。”

“哇，蘑菇？”

我心想，这家伙该不是想成了毒品，就说：“明天的便当菜啦！”

“便当菜？”

这该从何说起呢？儿子前年读了高中，大家都以为我要“好命”了、要“享清福”了，真相是，我得更早起来做早餐，这还是小事。那所高中中午只休息一个钟头，下午四点便放学，以便学生从事社团活动。这下好，小儿这个“优雅的处女座”，凡事从不会争先恐后，高中不再有营养午餐，等他去福利社买到饭，差不多也该上课了，更别提饭后休息了。

怎么办呢？开学后第一个星期的周末，我和他谈起校园的新生活，他觉得大都适应良好，唯独吃饭与午休无法两全。我很心疼，一咬牙，脱口而出："那妈妈每晚给你做便当好了。"口吻豪气干云，想想，这一做，就得三年啊！

不料孩子大吃一惊，说："那——能吃吗？"

他爸爸说："你完全搞不清楚状况，你妈妈的手艺可是出了名的。"

他仍一脸狐疑。

不怪他怀疑，除了学校联谊会偶尔要家长带菜，我会做个烤鸡翅让他带去，或是偶尔下面、炸虾、煎牛排，他几乎不曾见我做过什么像样的菜。我在孩子面前的形象已经固定了，是个整天看书、写稿、看电视，即使进厨房，也不过是煮咖啡、挤柠檬汁什么的"小资"女性。有一回，哥哥的小孩见我拿着针线，回家居然大惊小怪对我嫂嫂说："妈，姑姑会缝扣子哟。"嫂嫂回了他一句："你姑姑什么不会！"哎，在这些孩子们的眼中，姑姑什么也不会！

我"从前"是喜欢做菜的，从小没做过家事，但是留学那两年，离开父母羽翼，嘴巴又刁，不做菜，无法生存。带去的两本食谱被我翻烂，之后，有些家乡的食物得靠冥想，比如油豆腐细粉、儿时母亲常做的南瓜粥、父亲拿手的大卤面；

有些食物得利用当地材料创新组合，比如用做狮子头的馅料煎成的薄饼，夹生菜吃，最得同学们喜爱。婚后仍天天做，孩子出生，我在家一边带孩子，一边写小说。小宝宝不能吃大人食物，我每天为他熬营养粥，他却眼巴巴地望着餐桌上的炸排骨、醋熘鱼……这些，他当然不会记得。

他上幼儿园以后，我便回到职场，下班到家已过八点，小孩若等我回来做饭，早饿死了，而先生回来得更晚，也得自己先去觅食。于是我先是找保姆为孩子弄晚饭，等他大些了可自己去附近舅妈家，便在那里包饭。作家舒国治听闻此事，问道："请问我们也可以去舅妈家包饭吗？"很多年，我们一家都是维持早餐一起吃，午、晚二餐各自解决，周末上馆子打牙祭的生活形态。换言之，我"封铲"已经超过十年了。

便当菜必须耐蒸，趁周末先简单地做个卤萝卜、鸡翅腿应急，其他菜品慢慢再想。鸡翅腿先用葱姜酒焯水，去了腥，再跟萝卜一起小火慢炖。熄火后，我先夹一块白萝卜让老公尝尝。

"宝刀未老！"他说。

小孩在房里听见了忍不住吆喝："爸爸在帮我试毒吗？"

我冲去他的房间晓以大义："自古聪明的女生都擅厨事，比如黄蓉。会武功的能做菜，会写小说的就更行了，因为做菜需要想象力……"

他放下手里的武侠小说回头看我："那是说聪明的女生啊！"

我到底是怎样把这个孩子养大的啊？

骆以军问我："这些菜要做什么？"

"茄汁鲑鱼排。"他表情困惑，我略作解说："我周末买了鲑鱼，还缺配料。刚刚下车先去超市找。晚上把鲑鱼去骨，煎一下，再加蘑菇、洋葱，调一些酱汁炖煮，喏，干贝酱油露就是调酱汁用……"

他讷讷回答："带这种便当，你不怕他被霸凌？"（以下省略小说家叙述少时霸凌同学的恶行一千字。）

茄汁鲑鱼排奠定了我在孩子面前的信誉。"现在你相信妈妈会做菜了吗？"他笑而不语。唉，吃，真是收买人心的不二法门啊！连老公也变得兴奋莫名，一副苦尽甘来的模样。但我的挑战才刚开始，一年五十二个礼拜，每礼拜五个便当，不考虑寒暑假的话，三年，我大约要做七百八十个便当！我能变出多少花样呢？于是我满脑子都是菜，见到什么都想到菜。

我想起中学时最喜欢的《未央歌》。童孝贤和范宽怡斗嘴，小范说小童养的鸽子是菜，小童便说："那么梅吻若是菜，能在天上飞？"小范奇道："什么是梅吻？""梅吻就是那盘在天上飞的菜！蔺燕梅亲过它一下。”“蔺燕梅亲过的东西可多了。我看见过的就有玫瑰花，笔记本……”“那么它们就都是菜！”才说着，大家下了车，蔺燕梅在车厢扶手上吻了一下，说：“谢谢它送我找阿姨来！”小范马上对小童说：“蔺燕梅又做了一盘菜……”

什么都能入菜，我的脑子被各种菜的组合盘踞，奇异的是，目前为止，身心并不因此疲惫，反而有种回到留学生活的错觉——那时，每天除了毕业论文，满脑子就是想做的菜。我甚至觉得从“架空”的十年回到了生活里来。孟子曰：“民非水火不生活。”无水火，百姓便不能过日子，水火，主要用途便是炊煮之事。

昨晚做了杏鲍菇鸡丁、鱼香茄子，冰箱里还剩几个做鱼香茄子的荸荠，今晚可以用来烧个狮子头。做了狮子头，还会剩些大白菜，那么明天弄个白菜卤吧……咦？这简直成了食物的顶针格呀。

嗜读食谱的人

有人发电子邮件给我，是一系列生活好点子的照片，其中一张，把平口大衣夹挂在厨柜把手上。干吗呢？夹食谱，这下做菜就方便啦！哈，果然是个好点子。不过，对我不太适合，我总不能把食谱一张张撕下来吧！

我是那种对生活工具书绝对尊重、倚赖的人。比如我出国会带好几本旅游手册。有一回在澳洲，按照书本开车找到一处开放牧场，牧场早已长草荒芜，结束营业了。老公说："你的书，过期了。"育儿时，我找一堆育儿书看，是标准的"照书养"妈妈，很羡慕那种能实践"照猪养"策略的人，但我做不出来；每天仔细记录宝宝吃了几毫升奶，孩子稍有厌奶，便慌乱落泪，惶惶不可终日，翻书寻找对策，《婴幼儿营养食谱》则派上用场。

如今为孩子做便当，所有束之高阁的食谱全部请下架，堆放客厅茶几上，成为茶余饭后的主要读物——本来那里堆放的是《科学人》杂志。

所有东西加上个“谱”字，总令人肃然起敬。

家谱是一个家族的树状史。这年头小孩一上高中，历史课老师就要他们做“家谱”，小儿还煞有介事地拿着录音笔去访问他的祖父母，弄得我公公婆婆正襟危坐，关起房门，在他们孙子面前侃侃而谈，这是他们这一生中，唯一的一次受访经历。后来儿子告诉我：“阿嬷讲到以前的事还掉眼泪了。”

乐谱以符号记录抽象的音乐，西方五线谱上豆芽菜跳跃，懂的人看着那些芽菜心里便有了旋律。我弹吉他用简谱，只要认和弦就够了。中国有工尺谱，以“合四一上尺工凡六五乙”这些字样直接记音高或者唱名，比较接近简谱。古琴则有专门的琴谱，称为“减字谱”，用一些汉字的偏旁部首记录弹琴时的右手指法和左手音位，这些偏旁部首看起来都熟悉，合起来却不成“字”。

《红楼梦》里，贾宝玉看林黛玉手上的书，那些字有的像“芒”，有的像“芍”，细看却一个也不认识，纳闷说道：“妹妹近日愈发长进了，看起天书来了。”这有字“天书”就是古琴谱。

舞蹈有舞谱，下棋有棋谱，用于描摹绘画的也有画谱，对我而言，那些更是天书了。

食谱不是天书，袁枚作《随园食单》简直可以作为“国书”。比如《戒单》这一章里的引言：“为政者兴一利，不如除一弊，能除饮食之弊，则思过半矣。”这正是在告诫执政者啊！

《戒单》第一条“戒外加油”，说“俗厨”做菜，往往熬一锅猪油，临上菜时，浇上一勺，“以为肥腻”，甚至燕窝至清之物，也“受此玷污”，“而俗人不知，长吞大嚼，以为得油水入腹。故知前生是饿鬼投来”。太好笑了，此戒放在强调少油、少盐的今天，也大合时宜啊。别以为现代人不会这么做“俗菜”了，我就读过许多食谱，在做法的最后一条写着：淋上热油，香喷起锅。

《随园食单》上许多做法，今日确实仍具时效。就说《特牲单》里的“炒肉片”吧。袁枚说，猪是饮食中的“广大教主”，而古人有“特豚馈食之礼”，便以猪为“特牲”，作《特牲单》一章。此章里有“炒肉片”一条：“将肉精肥各半切成薄片，清酱拌之。入锅油炒，闻响即加酱、水、葱、瓜、冬笋、韭芽，起锅火要猛烈。”多实用啊。没时间做久炖慢烧的菜品时，我按这简单的心法炒个肉片，便是一道便当菜。

今日食谱更不是天书了，多半还佐以明媚照片，看着就能分泌唾液。我手上的一叠食谱中，历史最悠久的一本出版于一九八〇年，是蔡淑昭、陈雪霞合著的《速简食谱》。那年留学念书，我从家里胡乱抓两本食谱，这一本太实用了，陪伴我度过两年的留学岁月，又漂洋过海回来。书从哪儿来的？我也茫然，爸妈做菜从不看食谱，他们那一代根本没这习惯。猜想可能是哥哥买来送给妈妈的吧，总之，妈妈是不看的。

因为强调“速简”，上头的菜都不难做，食材也不刁钻，滑蛋虾仁、豉汁排骨什么的基本菜，言简意赅，最适合我这种“忙人”。即使书中的所有菜品早已吞下肚子，还是会再拿出来翻翻，提醒我什么菜很久没有做过了，就像面晤老朋友。

留学归来，我曾在汉光出版社待过一阵子，食谱是汉光的重要资产，虽然我编的是文学类图书，但当时带回家的书到现在还会再拿出来看的，坦白说就是食谱。近日还常翻阅的，则是旗林文化出版的一本《傅培梅时间的美味中国菜》，有四百多页，记录的食谱整整七百道，按照食材分类。我一周上超市买一次菜，要做什么，前两三天“心中有谱”，到周四常常就翻冰箱看看还剩下什么，这时按照现有食材翻这本百科般的大食谱，往往能找到灵感。

但常使用食谱的人都知道，几乎每一本食谱，至少会有一半以上是你不喜欢、不适合做的菜，而你想做的，书里却找不到。于是“Google”成了我的另一本大食谱。什么菜、什么组合，在上头几乎都能找到。而网络信息的问题在于菁芜共存，没有人帮你把关。最麻烦的是，书本食谱做菜时随手往凳子上一搁，做一半，程序忘了，低头看一下，一点也不碍事。但网络怎么办？iPad放厨房多危险哪，被油喷，被水淹，被手肘一撞落地就完了。还是书本好，捡起来擦擦就没事。我的食谱被油溅得脏脏的，大家才知道我有多认真。

老外发明用衣夹夹食谱，高高挂起后抬头便可望见，我倒是很想把儿子的乐谱架搬进厨房，还可以调高度。

友情赞助

之前“扬言”为上高中的儿子做三年便当——所谓“扬言”，是因为我写在了文章里，发表于报刊之上，白纸黑字无可抵赖——简单计算，扣除周末但不考虑寒暑假（寒暑假不带便当，但孩子还是要吃饭的），约需做七百八十个便当，这事在朋友中引起多种反应。

有人在网络上殷殷叮嘱：“一定要出便当食谱，嘉惠后人啊！”前辈作家廖玉蕙留言呼吁：“我们要睁着大眼看看瑜雯能撑多久！呵呵呵！虽说为母则强，但七百八十个便当——嘿嘿，可不是个小数目啊！”当日我在网络贴出新照，她改口道：“这张照片给人的温婉感觉，确实好像可以做出七百八十个便当。”我回应：“做完七百八十个便当，我会再拍一张照片上传……”

发誓为儿子做便当，好像变成一种行动艺术——虽然许多母亲早就一直这么做——大概我的外表太无能，给人强烈的反差，令众人惊讶。监督者有之；问候者有之，比如通信时，第一句话先问“这个礼拜的便当菜设计好了吗”；赞许者有之；更有一种朋友，贡献私家食谱，或是努力帮我构想菜品。

诗人陈育虹常把小儿的便当大事放在心上，隔三岔五发电子邮件给我，写着“冬菇／黄豆芽／腐皮（冬菇爆香与豆芽、腐皮同炒，稍加酱油、糖）”。第一次收到时，我愣了一下，冬菇、豆芽、腐皮都入诗了吗？有时来信只有菜名，如写“秋葵炒蛋（秋色可餐）”，做法须自己斟酌，这秋色可餐，便是心法了。我计算机里特别开设一个文档，起名“虹食谱”。

有位大学男同学看了文章，给我留言：“同学好命啊！我从结婚以来几乎都在家开饭，自然也成了厨中能手，一度都想改行开餐厅了，只是小孩力阻私房菜外流，也就乐得继续当个业余主厨。改天或许可以交换个笔记。”我一看，马上端出恩人架子，要他想想，当年在中文系难道未曾受惠于我的笔记乎？“快！快把笔记给我，报恩的机会要赶紧把握！”这个私房笔记并没下文，看来施恩不望报，古有明训。

最令我感动的是好友芸英，她原就喜爱厨事。芸英并未提供食谱、笔记，也不口惠，她直接做来拿手的狮子头、买来知名的培根给我，让我方便加工使用。

我不常使用腌渍类的加工食品，但也不是特计较、挑剔食物的人。有好吃的培根，当然高高兴兴善加使用。培根炒卷心菜是极香的，还可以炒各种菇类；或者做培根芦笋卷；在家常豆腐里也可助一臂之力。凡使用培根，那道菜便不再放油，先把培根煎香，油逼出来，再下其他配料。几乎不用猪油做菜的我，唯有此时偶然地享受了猪油的荤香。

那使我忆起儿时吃过的猪油饭。通常是中午跑回家，只有我跟妈妈的两人午餐，一边吃着香喷喷的热猪油拌饭，眼睛盯着电视上的布袋戏，扒完了饭，再跑回学校上下午课。长大些，家境稍好后，便不曾吃过猪油饭了。想想也许跟家境无关，妈妈一定也有不想做饭的时候吧！

孩子年幼时，我出来工作，他白天上托儿所，下午被娃娃车送到保姆家等我下班接回，我常说："这个孩子是众人接力养大的。"现在嚷嚷着为他做便当，引起亲友甚至网友的关注，结果还是众人集体养大的啊！

小菜饭

诗人陈义芝好意向我推荐“菜饭”便当，方便省时，冰箱里有什么加什么，还能兼顾营养。我一直还没尝试，总觉得做便当行动才刚开始便寻思省事，之后要如何持续？这一招应留作急用，比如诺贝尔文学奖揭晓日，当晚须加班晚归，便可派上用场。结果诺贝尔揭晓日到来，我中午兴起，预先做好了便当，此招还是没用上。向其他作家问起私房食谱，有人便诺诺说道：“我会的恐怕也是‘诺贝尔级’的！”

一直没动手做过，但“菜饭”两字却长在我心。主要是“菜饭”这个词能勾出一种小资情调。

小学时音乐课唱《农家好》：“农家好，农家好，衣暖菜饭饱。”那本来只是说有菜、有饭吃得饱，我却老想着妈妈做的卷心菜饭。后来读《儒林外史》，开篇第一回，王冕去帮邻家放牛，那秦老便对王冕说：“我老汉每日两餐小菜饭是不少的，每日早上，还折两个钱与你买点心吃。”这书里多次提到“小菜饭”，跟武侠小说里动辄来几斤肉、几两白干，气氛大不同，我直觉上便把“小菜饭”跟读书人的饮食联想在一起。当然，“小菜饭”指的是简单的菜和饭，并不是把菜、饭和在一起蒸煮之意。

小时候，妈妈不想做菜就常以卷心菜饭打发我们。说“打发”，是因为吃卷心菜饭时，桌上是没有其他菜的；有时也可能是竹笋粥、南瓜粥、大卤面、面疙瘩。看到这些，我的大哥常垮下脸来，我的二哥则好胃口，妈妈煮什么吃什么，实际喜不喜欢我不知道。至于我，可能自幼便懂得察言观色，有取悦人格，总是欢喜接受。

我其实有点挑嘴，小时候不吃的菜还不少，葱姜蒜一律留在碗内，所以，应该还是真心喜爱这类吃食吧。我对萝卜糕、咸汤圆之类的点心充作正餐也都特别欢迎，大哥正相反，他喜欢白饭和正式的菜，像他做学问一样一丝不苟，做他老妈、老婆的人也得一丝不苟，真累。

长大后我在各种餐宴上，尤其是在江浙馆子，常在几道菜之后，点一道菜饭，服务生为每人分一小碗；做得好的，众人赞美，更甚于前面上的大鱼大菜。我心想：小时候妈妈打发我们的偷懒饭，到这儿变珍贵了。有的却拌一堆生蒜瓣，感觉真粗鲁，再有营养也不能这么吃啊！妈妈用少许虾米或肉丝与卷心菜蒸煮的菜饭，回忆起来格外甜美。

这天我终于做了菜饭。用蒜末将小樱花虾爆香，炒大把切段的卷心菜、胡萝卜丝，再同米拌匀，放进电饭锅煮熟。这样就好，蒸出来颜色漂漂亮亮的，一点红丝就够了。再做个香干肉丝、竹笋烘蛋吧，儿子跟他大舅舅有点像，不好养。我说嘛，做菜饭并不会省事，一点也不“诺贝尔”！

厨房里的事，处处需要力气

我一定会变成大力士！我的手臂锻炼得越来越强壮了，做完这三年便当，再上场打羽毛球，应该会实力大增吧？

都说“治大国如烹小鲜”，其实厨房里的事，处处需要力气。

我以前习惯把难开的瓶瓶罐罐交给老公、儿子，倒不是大小姐心态，既然住“男生宿舍”，一堆家事已经很头疼又腰酸背痛，这种手痛的事，再不交给男生，那要他们做什么？有许多罐装酱料，老公常常也是扭得脸红脖子粗的，如遇打不开的，还得拿出工具来撬，实在太难为女人。但独自在家做菜时无法等待，甜面酱、豆瓣酱用完了，非它不可，菜在炉上烧，就是打不开，恨不得把瓶子砸了，这才知道什么叫“十万火急”，还是得自立自强练力气啊！

炒菜可以练臂力，翻动锅铲是需要力气的，但三口人的小家庭，能炒多大锅的菜呢？依我的经验，最有效的锻炼是炒饭。

星期四经常是我们家的“炒饭日”。人口少，晚餐人数又不一定，每晚该煮多少饭很难拿捏，而且电子锅煮太少的米，水分不易控制，宁愿多煮一点，饭更好吃。剩下的饭就冷藏起来，每天留个一两碗，到周四时就可以把这两天的剩饭收集起来，炒一锅蛋炒饭。

用剩饭做的炒饭，一点也没有将就之感，本来用冰过的饭来炒，不会黏着，更能炒出粒粒分明的饭。炒饭的各种排列组合，洋洋大观，但我虽然炒了饭，仍然习惯另做一荤一素的菜，因此这炒饭就不需要太隆重的配料，什锦、虾仁什么的都不必，依家人喜好，最常做的是樱花虾或是火腿蛋炒饭。

我在外头吃炒饭，最怕看到加入豌豆、玉米粒、胡萝卜等杂七杂八的配料，一看就知道是用那种综合冷冻蔬菜来炒的，怎么可能好吃？若是新鲜的胡萝卜加一点倒无妨。我喜欢清清白白的炒饭。

作家焦桐在《论炒饭》一文中谈及炒饭里的蛋：“先将蛋略炒再加进饭里，带着同床异梦的况味；这是笨方法。”不过青菜萝卜各有所爱，我实验之后，还是喜欢笨方法。在各类食谱中，常把蛋液和饭搅拌后炒出来的饭叫做“金包银”，有蛋香而无蛋形，但我喜欢饭是饭，蛋是蛋，并不要“金包银”的炒饭。

摊好蛋后起锅备用。放少许油，炒香一大把樱花虾，炒到干香还未焦时取出。再下点油，爆炒葱花，我喜欢很多的葱花，切细的葱花分两堆，三分之二用来爆香提味，三分之一等饭快炒好时再加入增色。小火炒香葱花，如果是火腿蛋炒饭，这时候加入火腿丁，香气出来了，放入冷饭和蛋，就是锻炼臂力的时候了。要在很短的时间内，快速把冷硬的白饭炒散、炒软，锅铲须不停翻搅，对我这种手无缚鸡之力的人实在是一大考验。

我左右开弓，右手酸了换左手，把饭炒散的同时，蛋也炒得极碎。整锅炒均匀了，撒点细盐和保留的葱花再略拌炒，出落一盘清清爽爽的炒饭，白的白，黄的黄，点缀一些火腿丁和碧绿葱花，漂漂亮亮的。盛起后，才把先炒好的樱花虾铺上，如此可保持虾的完整和香脆。

这时候，手真的很酸。我想到妈妈、婆婆都是大力士，厨房真是最好的大力士训练所。

玩乐之地与兵家之地

厨房是玩乐之地。

我开始做便当后，生活变得更加忙碌，关心的朋友忍不住叹息："好可怜噢！"但我自己并不觉得可怜，仔细想想，在仅有的一点晚间休息时间里还愿意做菜，且并不视为苦差事，最大的原因应该是做菜本来就是好玩的事吧。

席勒、康德探讨艺术起源时提出的"游戏说"，放在厨艺里我想也能说得通。许多人都有过这样的经验，曾经热衷"玩"某种东西，也许是运动、乐器、绘画、书法等，或就是玩具，后来因环境因素的改变不便持续，直到有一天，时空变化，适合的因素回来了，当年的兴趣便重拾起来。此时人生有了历练，技艺虽然有所荒疏，但勤加琢磨后反而会更上一层楼。

觉得做菜是好玩的事，应该并不矫情，你看孩子的玩具，从幼儿时起，便有一堆厨房里的家伙。小菜刀、小砧板，分成三截以魔术贴连接的小萝卜、小卷心菜、小苹果，让宝宝练习手眼协调，切切切，放进小盘子里。再大一点，便会有一组一组的厨房用品，从瓦斯炉、冰箱到锅碗瓢盆，“家家酒”玩具越做越逼真。再大一点，男女玩具分道扬镳了，男孩去玩变形金刚、组合轨道、小汽车，女孩有了芭比娃娃，然后要给芭比娃娃购置一整套厨房设备，让芭比娃娃去煮饭……

我小时候玩家家酒（过家家），经常是一人分饰多角，因为是唯一的女孩，常常只能跟自己幻想的对象玩。哥哥偶尔心血来潮才会陪我玩。小学时我们还住在眷村，有一次妈妈发了神经，包下一个小贩所有的番石榴——也不是发神经，一定是因为便宜，家里忽然有了吃不完的番石榴。一个无事的下午，只有我跟大哥在家，不记得爸妈、二哥到哪里去了。外头下着雨，没地方跑，大哥陪我玩家家酒，拿真的水果刀和番石榴来玩，把番石榴切成许多小丁，假装是企归（大黄瓜）。

“卖企归汤喽！”我们拿一些小罐子假装是酱醋盐糖，做出各式各样的企归汤，换着当老板或客人。为什么是企归汤？大概只是因为绿皮番石榴适合假装大黄瓜，而且家里经常煮企归汤吧。一个中学生要陪妹妹玩这种幼稚的游戏，真是难为我大哥了，但那是我记忆中难得不是自言自语的一次家家酒，我玩得非常快乐。

那种单纯的快乐记忆一定像颗种子一样埋在我的心头，一旦阳光、水分条件充足时，便冒出芽来。在海外生活时发了一次芽；辞职在家待产、自己带孩子的阶段再度萌芽过。而这一次，就像拿出尘封已久的老乐器，心里头早已有了许多呼之欲出的旋律，因此毫不犹豫便上手了。

有时觉得，站在厨房里的我，其实仍然是那个拿着番石榴切切切，叫喊着“卖企归汤”的小女孩。

厨房也是兵家之地。

我有个木制立体刀座，插满大小不同的兵器，用来切水果、菜、肉、熟食，另外还有一把厚重的双人牌剁刀。有不同的刀，就有相应不同的砧板，还以绿红白蓝四种颜色区分，切菜时，特别有玩家家酒的感觉。

做菜毕竟不是家家酒，会有危险的，既是兵家之地，难免就有烧烫切刺的种种意外，我最大的敌人是火。切菜、削果时，手持着刀，不忘提醒自己谨慎，意外较能避免。剥虾时也曾被尖刺刺伤，后来在新闻里看到有人被活虾刺伤，破伤风导致截肢，真是吓死半条命，自此也就格外当心。而烫伤，常来得措手不及。忙乱中误判锅子把手的热度、不小心碰着使用中的电饭锅，这些情况偶尔有之，也只能怪自己不小心；但有时烫伤是小心也难以避免的，譬如油炸食物的时候。现在手腕上就有两个热油留下的瘢痕，像两只小蝌蚪。

原则上我不太做油炸食物，不过有些菜的做法就是得先炸过取出，再进行下一步骤，干煸四季豆、鱼香茄子、三杯茭白笋、椒盐牛小排、红烧狮子头等，都得先过油。在沸腾的油锅里投入含水的食物，要做到不喷不溅，实在困难。虽尽量把食物水分沥干、擦干，买了长筷子夹取拨弄，还是无法避免油花四溅。

我二嫂的嫂嫂做菜做得又好又快，每年过年她回娘家都是嫂嫂掌厨，据闻手艺可媲美五星饭店的大厨，一大家子人吃得尽兴还可打包。她就有句名言：没被烫伤过，表示没真正下过厨房，那是喜欢烹饪必得付出的代价。她还曾经被油溅得满头满脸，哭说自己毁容了。我一听那怎么行，我是绝不牺牲“面子”的，家人讨论起来，净出些个戴面具、戴泳镜的主意。

现在我把食物投入油锅时，一定把脸撇开，手臂溅到也就算了，脸是一定要顾好的呀。热油沸腾之际投食下锅，脸还得撇开，简直千钧一发，像打仗一般；若拿锅盖来抵挡，这就更像战场上拿盾牌了，所以说厨房是兵家之地。

唉！温柔之必要，偶尔烫伤之必要，一点点药膏和冷水之必要……既然便当要继续做下去，那么这样的厨房就要继续下去。

文章可修改，做菜亦可修饰

如果不曾亲身经历一个时段的坏心情，便难以相信，“心情”这种抽象的东西，确实是影响食物美味的。

以往常听到“对植物说话，花草会长得比较好”的说法，我对其半信半疑的。但植物有生命，也许真能感受爱，只是说不出口而已？韩少功在《山南水北》中说他修剪葡萄叶惹恼了一株葡萄，逼出一桩惊天动地的葡萄自杀案；还说梓树很弱智，当气候略有变异，乍暖还寒，便把它们搞糊涂了，不知眼下什么季节，又落叶又发芽的，“如同加棉袄又摇扇，有点丢人现眼”，我差点笑死掉。

好吧，我且相信，植物有感有情，并不是给了正确比例的肥料、阳光、水就一定能长得好。可是，食物难道也要对它们说好话，才会好吃？

前一阵子，因时势忧心忡忡，烦恼了一段时日。日子却不会因我的忧愁而停下脚步，我每晚下班仍旧得打起精神，穿上围裙，做晚饭和便当。怕自己心神恍惚出错，许多菜还刻意摊着食谱一步一步照做，然而做出来的菜，吃起来就是不对劲。

这不可能呀，平常做菜，盐糖酒酱随意挥洒，有时失手，熄火了又重新开火，加盐、加水或撒香料抢救，往往还是不减美味。文章可以修改，做菜也不是必不能修饰，除非是特别讲究嫩度的菜品，那就没办法了——哪像七步诗，七步之内要决胜负的。而便当菜，原本就是必须经得起再次蒸制的考验，因此大部分是可修饰的菜品。然而，那段时间，菜怎么做都不好吃！难道那些食物，真能敏感地从我切菜的刀工、施放调味的手势感受我的情绪，而决定要不要释放出食物里本有的浓肥甘辛？

我想起多年前一部美食题材电影《芭比的盛宴》。当年，那最后倾其所有完成的极致之宴，却看得我瞠目结舌——那个鹌鹑塔，吃的时候要咬破鹌鹑头，我差点在电影院里吐出来！不过，电影的动人之处在于，这个已对人生毫无热情的芭比，中了彩券、发了横财之后，以她自己的方式，对身边一群灰色、压抑、满口上帝、实则暗斗的人，所做的无私奉献。她能做的，就是美食。美食的愉悦感抚平那些村民的心，轻易松开了所有的结。美食，治愈了那些村民，自然也反过来治愈了做菜的芭比。

我拿起了碧绿油亮的节瓜。诗人许悔之教过我，节瓜切片，大火用XO酱快炒，这是他的私房菜，确实好吃。但我今天不要任何酱料，一点蒜瓣，几片胡萝卜、黑木耳，橄榄油清炒，我要炒出它的清甜爽脆。

节瓜、节瓜，要我对你唱歌吗？

美式厨房

柔和的阳光打在长条小餐桌上，我面对窗外蓝天下几棵棕榈，独自吃吐司、喝咖啡，那是一天幸福的开场白。小餐桌就在厨房里，有时摊本书一边阅读，比在房间里读书更有滋味。那房子我只住过半年，在洛杉矶的第二个学期；第二年我搬到较便宜的公寓，但心里一直怀念着。

我八成有点崇洋，喜欢那点小资调调。孩子小的时候，我的卧室阳台一度没有种那么多花，还有空间摆张小圆桌、三张藤椅，一到周末，便把早餐搬到阳台上吃。阳台正对着一个小湖，我们早餐可以吃上两个钟头，看湖上的白鹭鸶，看春天的小黑鸟、初冬的苍鹭，一边天南地北地聊……直到孩子上了中学，没空和我们慢条斯理地吃早餐了，我索性把整个阳台种满了花。

长期只做早餐的生活，忽然风风火火要开始做便当了，我想念在洛杉矶的美式厨房。可是先天条件大不同，厨房窄小，绝不可能摆上一张餐桌；有个小小的窗子不错了，棕榈、蓝天就别想了。一个学期过完，跟老公商议趁着寒假整修一下厨房。

改变不了的格局只能将就，先从软件着手，洗碗机、大烤箱，这是美式厨房的两大指标。小冰箱摆不下几样东西，换个双门大冰箱。接着——这是最有创意的地方了——冰箱与门之间的墙壁，还有一点狭长空间，请人订制了一个格架，上半部是“书架”，下半部的右边一格放个有盖的长方形大垃圾桶，左边一格则放置长方形米桶。常用食谱搬过来放这书架上，归位整齐……啊，见过有食谱书架的厨房吗？然后，去宜家买一个原木梯椅，一来方便我爬高拿柜子里的东西，二来可以在动手做菜前，先坐在梯椅上翻读食谱，心里“有谱了”，再动手操作。

洗碗机其实一直都有，只是重新规划它的位置。新婚时也做饭的，但我跟老公讲明了，我喜欢做菜，可是真的不爱洗碗。面对各式食材，思索如何整治，化平凡为神奇，光是想象就能让我起欢喜心，然而面对油腻碗盘，却不由得烦躁，更重要的，我要保护我的双手。我告诉先生，要么他来洗，不然就给我买洗碗机。他当然选择买洗碗机！

有了大烤箱，做菜就真的如虎添翼了。烤豆腐是我常做的一道。家常豆腐一盒，切片（约一厘米厚）后放入烤箱，用二百五十度烤十五分钟，取出铺上用四大匙酱油、一大匙米酒、一小匙黑芝麻、一小匙白芝麻、半小匙黑胡椒调制的酱汁，再放回烤箱烤十五分钟便完成。在这烤箱运作的半个钟头里，已够我处理另两道菜，很快地便可以拿出三菜一饭。

有时会从Costco（好市多连锁会员制仓储量贩店）买来波特贝勒菇烤制，那真是好大的菇啊。烤盘上抹点橄榄油，大香菇去蒂后直接丢进烤箱，软了以后撒点盐、黑胡椒就很可口。

有时烤肉片，有时烤白菜，最让人回味的还是烤鸡翅。以前写过一篇《幸福的等待》，回忆每个留学生都会烤鸡翅、烤蛋糕、烤马铃薯……无所不烤，因为一到美国，厨房里最吸引人的东西就是煤气炉下那台比烘衣机还大的烤箱——不烤，对不起它。冬夜，坐在餐桌前读书、写报告，一边守候着烤箱，那是一种幸福的等待。

有个周末，一大群同学聚在我租屋的客厅里，等着我的烤鸡翅。鸡翅最适合当消夜了，全鸡瓜分起来太麻烦，而鸡腿太大，一只就饱了，只有鸡翅，适合慢慢啃、慢慢聊，再配上一些乱七八糟的便宜酒，留学生嘛。我在厨房里，听见F说："我烤的鸡翅加一种独门配方喔，你们猜猜看是什么？"大家乱猜一通，先把辣椒粉、胡椒粉、五香粉等所有的粉末猜一遍，再把香草、辣椒、蒜头、生姜、葱等配料猜一遍，接着是沙茶、麻油、酱油各种油，最后再把米酒、绍兴、葡萄酒等酒类说一遍，还有人说卤包的！只听她像说相声一样说道："不对——不对——"这时候，有一个不识相的男生M突然说话了："奇怪了，她烤的鸡翅那么难吃，你们到底在猜什么？"

我在厨房里笑到肚子痛。一直到念完硕士，我始终不知道F的独门配方到底是什么，我只知道F始终痛恨着M，像李莫愁痛恨着陆展元。

小孩念小学时，偶有联谊会要家长赞助食物，他便要求我为他们班烤鸡翅，他说别的妈妈都是提供糖果饼干蛋糕水果饮料，甜死了，大家都爱吃烤鸡翅。那时我只有小烤箱，得起早烤制，烤个五六梯次才够三十几个发育中的小孩吃。啊，那时候就应该换大烤箱的呀！

我的鸡翅没F说得那么复杂，同比例的酱油、清水，再加少许米酒、糖、白胡椒粉，多拍几瓣蒜头，吃辣的也可放一两片辣椒；中间翻个几次，让两面色泽均匀，烤到汁水呈黏稠状即可。这道鸡翅很得很得小朋友的欢心。

大同电饭锅

我很早就会用电饭锅。有时妈妈外出赶不及回来，会要我先洗米煮饭，这是当时的我唯一会做的家事。妈妈的教法似乎不大科学，她不是要我放几杯水，而是把手掌放在米上，让水淹到手背某处，这样煮出来居然恰到好处！有时妈妈洗好了米，出去一下，要我时间到了按电饭锅，结果我疯玩忘了，当然要挨骂。我与大同（台湾品牌）电饭锅，真是从小就有一番爱恨情仇。

一定是大同电饭锅吗？一定是的。留学时，便谨遵前辈叮嘱，行李中带了一口大同电饭锅。除了煮饭，我们必然先学会利用电饭锅卤肉、蒸蛋、煮香菇鸡——这是留学生套餐基本款。功课一忙，没有闲情守在炉子前煎煮炒炸，使用电饭锅做菜最省时安全。

做便当的心情，与我的留学生活实在太相似，不由得频频回顾。下班后回来执锅铲，又累又赶，也像留学生活。短短时间要弄出两三道菜，其中一道，让大同电饭锅来分忧，感觉轻松一些，而且这样的菜，本身当然耐“蒸”。从营养的角度看，蒸物较不破坏营养，不油腻，不上火，电饭锅发明者真聪明。

有次在社交网站上放香菇镶虾浆为主菜的便当照，旅美作家李黎竟也上来留言，说这个便当最大的优点便是蒸了也不会走味。真是内行！不过，廖玉蕙的留言却语带恐吓：“这种高难度的也出来！你儿子压力未免太大了，要如何才能报答亲恩啊！”其实小孩子只管吃，哪知道它费工呢。

香菇镶虾浆的做法，虾仁剁成泥调味、拌太白粉后，揉成小丸子塞在新鲜香菇上，放进电饭锅蒸，这道菜可以让便当进阶豪华版。这虾浆，同样可以做卷心菜卷。

当然不是天天有这种闲工夫，电饭锅往往是用来应急的。经常蒸蛋不提，蔬菜也能劳烦电饭锅。比如葱油茭白笋，比快炒更清爽。

“蒸”的闽南语读作“炊”，我真喜欢这个“炊”字，有炊烟处即有人家，这字眼饱含家的温暖。杜甫有朋自远方来，“夜雨剪春韭，新炊间黄粱”，饮酒述说别后种种，因为“明日隔山岳，世事两茫茫”啊。苏轼也有朋友来，不似杜甫那样感伤，他飞快地打扫煮饭，说：“城西忽报故人来，急扫风轩炊麦饭。”我平日煮饭，白米之外会加些五谷米或燕麦，也有“炊麦饭”的欢喜。

小时候，凡炉子上架起了一层层的蒸笼，母亲“炊”着什么，那必是要过年了。厨房里宝塔般的蒸笼祥雾缭绕，糯米的香气迷蒙氤氲，如今回想起来，大有富足丰美、“炊金馔玉”之感啊！

如今蒸笼在我手里“失传”了，但我希望小孩将来回想起带便当的时光，能够记得厨房里那一只红色的大同电饭锅。

十年不磨剑

法国小说《结婚蛋糕》（白兰婷 · 勒卡雷著，宝瓶文化出版）写了一场热闹婚礼的始末，讲述参与者各自的心情、故事，铺陈爱情、婚姻、人生的种种面向，讽刺到位，叙述也很迷人。不过，我读完之后，心中忽升起一个问号，在这场婚礼的高潮——那个万众瞩目的婚宴上，他们到底吃了些什么？没有描述！我漏读了什么吗？除了写那焦糖已融化、看着摇摇欲坠的奇怪的金字塔形“结婚蛋糕”，其余全在描写婚宴时所有人的行为、对话、穿着、打扮、各自怀想的心思，就是没说婚宴上了什么菜！可惜啊，应该多一点食物的细节描写吧，宴会是这本书后半部行进的主轴呢。

放下书，隔了一阵，我的心中又升起了第二个问号：什么时候开始，我连阅读小说都会注意这种事情呢？若是一年前读这本小说，大概想都不会想到他们的婚宴里吃了什么东西吧？难道“做便当”这个行为，已经内化、影响了我的“文学观”？

一时间，所有的书，都是食物！读《这是一个奇怪的岛》（史蒂法诺·贝尼著，木马文化出版），眼球马上捕捉到那怪岛上有最美味的“比萨鱼”，它的学名叫做“玛洛鲁斯·奥利冈涂斯”，当夏天时，它全身饱含着“莫札瑞拉起司”；岛上还有种“厨房鹤”，这种动物在厨房里很有用处，它身上有滤勺状的喙，它的蹼掌，一只是锅铲，另一只为平底锅，它的尾巴下面还有一只碗，可以在这里直接存取一枚新鲜的蛋……啊，我也想养一只这种鹤。

读《巴尔扎克的奥姆蛋》（安卡·穆斯坦著，立绪出版），读到巴尔扎克的饥饿，读到他自调的——那让他的创作维持在亢奋状态、思想像战场上的大军一样凶猛、回忆如潮涌至的——特浓咖啡，啊，我也想喝那样的咖啡！

连上网寻找食谱，都会顺便订购一本叫做《收藏食谱的人》（雅丽嘉·古德曼著，远流出版）的长篇小说。食谱送来，只随意翻翻，倒是这本小说津津有味读了起来。小说是好看的，它被誉为数字时代版的《理智与情感》，其实男女主角互相对对方的观感态度，更是《傲慢与偏见》的格律，简·奥斯汀成就的爱情格律。然而更吸引我的，是书中对珍本食谱的描绘，以及种种描述食物的方式。比如：

甜点无与伦比，香槟微带嘲讽，宛如一个词汇位于舌尖，方法学、慧黠聪颖，这词汇你以为已经遗忘，却突然淘气现身。羊皮纸。不可逆性。情妇。

方法学、慧黠聪颖、羊皮纸、不可逆性、情妇——原来可以这样形容香槟啊！

唉，影响所及，当然不会仅止于阅读，从做便当开始，我整个生活节奏都改变了。去年年初跟几位文友赴北京参加研讨会，会议至周五结束，其他人都选择多玩两天，周日晚返回，只有我选择在周六飞回。众人纷纷劝导："改一下班机啦，再玩一天嘛！"我只说星期日还有事，只是这件事无法对众人说出口，我一定要在星期日去买菜。

出差的这三天，第一天我做好了便当，第二、三天呢，叮嘱老公晚上去山下一家快炒店买餐，仍给儿子准备便当。如此一来，小孩只是偶然换换口味，我周日买了菜，下一周生活便回到常轨了。但如果周日晚上才回来，就连下个星期，一整个礼拜都毁了！"那有什么关系呢？"友人说。不是有没有关系，是承诺。从我答应每天为他做便当开始，承诺就是承诺。

一如孩子上小学时，我这个忙碌的职业妇女，每晚下班都要尽早赶回家，极少在平日晚间应酬，文友邀约聚餐谈事，我都约中午；在孩子十点钟就寝之前，我至少要有两个钟头陪伴他。那时他的晚餐有我亲爱的二嫂照顾，我的陪伴主要就是一起吃水果、甜点，看看他的功课有没有问题，陪他读一段英文故事书或杂志，也可能一起做手工、聊聊天，到他中学时则可能一起看美国影片，我们反复看《六人行》(《老友记》)笑到不行。只有两个小时，对我而言珍贵无比。

做便当，初始当然也只意在解决他中午紧张的时间压力，不必为了去“觅食”、甚至“争食”而搞得下午上课昏昏欲睡。学校设备不错，每班教室里都有蒸饭箱，他可以悠闲地吃完午餐后小睡一下。

一日“洗手作羹汤”，便不只求能果腹而已。先试做一些基本菜品，两三月后，“手感”恢复(毕竟十年不磨剑啊)，不免精益求精，寻找食材、搭配、做法种种的变化。

先说食材，我到底还是职业妇女，要上传统市场每日采买新鲜粮食，确实办不到，世间有些事就是得将就现实，每个周末花两三个小时上大卖场一次购足才是王道。各种超级市场轮着买，偶尔也去一些高级市场找点儿进口新花样，后来又发现了一处肉品甚佳的地方。我阿姨知道我开始做饭，则有时上滨江市场为我补充鲜虾、牛肉——因为找我表妹夫来装修厨房，我开始做便当的事，也就在亲戚间传开了。

凡留过学的人都知道，每周采购食物，一向是留学生最重要的“休闲”活动。我当年刚去洛杉矶时不懂个中道理，自己又没车，贪图方便，有时写一张清单委托好心男同学代为采买。有一次，他只买回我要的三四样东西，低声下气说："忘记你要买什么，我再带你去一次吧。"我不可置信："不是有写单子吗？""我拿一拿，单子不见了！"对话至此，我的室友们全部绝倒于地。以后他再跑腿时，众人忙不迭叮咛："纸要拿好啊！"

不过以后我写单子的机会倒不多了，上过几次超市，便发觉了采买的乐趣——买回的大半不是脑海里原有清单上的东西。超市是城市生活的缩影，洛杉矶的华人超市，有着家乡的缩影，看着满架上熟悉的物品，还是挺抚慰人心的。现在重回每周采买食物的规律生活，留学生活的点点滴滴不断回到心上，那是我学习厨艺的开始啊，我说了嘛，我不是去念书的。

菜品的搭配不脱两个原则，第一是营养均衡，因此一荤、一素，再加一个蛋或豆腐类便构成一餐。第二是一繁、二简、三道菜。先做最麻烦或是需慢蒸久炖的菜，如豆酥鳕鱼、豉汁排骨、烂煨鸡翅之类，主菜已安坐炉上或是电饭锅里了，再炒个青菜、烧个豆腐便完工，如果前两道菜都烦琐，那么第三道就煎个葱花蛋甚至荷包蛋凑数。只要前一夜先想好菜单，该退冰的退冰，一下班回家，穿上围裙，便可按部就班，大致费工一时许。大原则下有小原则，比如不耐放的蔬菜要在一周开始时先使用；荤食类海鲜、肉类要间隔着做，才不腻。

然后是做法，那就是手艺了。手艺最难概述，袁枚《随园食单》里洋洋洒洒十四章，我不过做几个便当岂有资格论说？不过，某些美容专家说的“没有丑女人，只有懒女人”，这说法我觉得还须商榷，真的太丑，也很难化腐朽为神奇吧？做菜却是用心一定有收获。况且，食物本身大部分都是天生丽质的，只要不把它“弄难吃”。

以前我去德国跟大哥大嫂生活过两个月，我大哥对德国食物有句名言：“怎么难吃怎么做！”那时我哈哈大笑，现在，这却是我的第一戒。也就是说，只要选择天然的食材，绝不“胡搞瞎搞”把好好的东西弄难吃了，普天之下的食物，都是大自然的馈赠，本都是美味的。

虔敬之心对待，自然能做出好吃的菜——这是心法。实践之道，每一道菜都须在内心琢磨了才下锅，连葱花蛋也不马虎。没碰过的食材，一定先把它的特质研究清楚才动手，不自作聪明；熟稔的菜品，则经常思索变换配菜和香料。也许有朝一日，我闭着眼睛也能做出好菜吧？那是化有招为无招的上乘功力了，我还早。

小儿最初听闻我打算做便当时，满怀狐疑，如今他连周末也不想上餐厅，说：“现在觉得外面的东西都很难吃！”真是抚慰人心啊！

小狗与宝宝

多年前我们家养过一只喜欢吃水果的小狗“娃娃”，那时它的伙食由爸爸负责，老一辈不像我们什么都不敢给狗吃，它胡乱吃，胡乱长大，奇的是对肉兴致普通，却最爱吃水果。番石榴、苹果、葡萄、莲雾都吃，不吃杨桃。有次大哥同学来，爸妈好客，在厨房里忙进忙出。娃娃先吃了饭，叫个不停。哥的同学疑惑问我：“它在叫什么？”“要吃东西啊！”他指着空碗：“它不是吃过了吗？”我说：“副餐还没上。它要我爸赶快上水果啦。”

“娃娃”的脾气很大，尤其讨厌别人动它的“饭碗”，即使它吃饱了，有人去拿它的空碗还常被咬，我一直怀疑它有躁郁症。现在我好命了，遇到一只乖巧撒娇温柔可爱的小狗，简直像中了彩票。尤其孩子长大，不黏我了，小狗满足了我过多的母性。这只迷你马尔济斯犬，有很多小名，我最常唤它“宝宝”，它只有三斤四两重。

家有小狗跟家有宝宝的情况，有许多相似之处。比如每天早晨老公出门，小狗依依不舍，发出婴儿般的嘤嘤之声，我便抱着它说：“爸比要上班赚钱哪，才有钱钱给你买西莎（狗粮品牌）啊。”有位出版社编辑听闻此事大惊：“怎么跟我婆婆讲的话一模一样！每天早上我出门上班的时候，小孩哭闹不让我走，婆婆就说：‘妈妈要上班赚钱，才有钱钱给你买服服、奶粉啊！’”

小狗与宝宝确实有许多相似之处，尤其是在厨房里。犹记得小孩幼时没几个月大就开始厌奶，弄得我紧张兮兮，还曾经因为他奶吸得太少而坐在床上悲伤落泪（现在回想，可能是产后抑郁吧）；然而当晚餐煮好，他倒睁着骨碌碌的大眼睛看着桌上的香酥排骨，好像在说：“我要吃那个！”现在的这只小狗“宝宝”也常常不肯好好吃狗粮，却对我们的食物充满兴趣。

有天做三杯鸡，盛起时我不慎滴了一滴酱汁在地上，“宝宝”冲过来，我拿抹布火速擦拭，还是被它舔到了一口。擦净地板后它非常失落，在附近闻来闻去，寻找那“失落的滋味”。

“三杯”者，指的是一杯米酒、一杯酱油和一杯麻油。以“三杯”煨成的鸡块料理，不放汤水，原汁原味当然浓郁诱人。“宝宝”只吃狗粮，从未品尝人间美味，这一舔还得了，此后我一做菜，它便在身边绕，简直守株待兔般，看会不会天外再飞来一滴。我也曾告诉它没有天天过年的，但小狗又怎肯放弃。

这不行，煮菜时热汤烈火的，有只小狗在脚边缠绕，一不小心，那可是水里来火里去！赶又赶不走，我只好把它放到客厅围栏里——我平常是不关它的，这一来它太震惊了，“汪汪汪”抗议，我只好再把它抱起来，放餐椅上，椅子面对着厨房，让它视线看得到我，这才安心了。现在我每天做饭时，它便静静坐在餐椅上“欣赏”我在厨房的身影，我有时转头对它说说话，称赞它“真是小乖宝”。

咦，以前“小乖宝”都是用来称赞儿子的。我亦想起儿子幼年时，我做饭时间一到便把他放在幼儿围栏里，一样是拉到视线看得到我的地方。他自己玩，不时抬头看看我，真的好乖。我不停地说着“真是小乖宝”。

小狗与宝宝，真相似。

时间感

从《随园食单》里找菜品、找做法，最容易发生的困惑是其中描述的时间感。比如里面提到鸡蛋，“凡蛋一煮而老，一千煮而反嫩。加茶叶煮者，以两炷香为度”。一煮而老，一千煮而反嫩？煮多久算是“一千煮”？阿婆铁蛋是几万煮？“两炷香”又是多久？这些，当然只有意会了。

从前过年前最常跟在妈妈身边，一边帮忙，一边“试吃”。她用大蒸笼炊一碗一碗的发糕，会顺便用小汤碗蒸个迷你小发糕给我。到底蒸多久才会“发”呢？她真的是全凭感觉，没见她看钟看表，也尽量不去掀蒸笼盖，她说那样会发得不漂亮，“发”可是未来一年很重要的兆头，不能破坏。我想她是从蒸气的“气势”来判断的。妈妈的发糕可从没失败过！

有些食物我也懂得凭感觉，有些却非得遵守“规定”，比如烤蛋糕。留学期间，寒冷的冬夜，我从超市买来蛋糕粉，按照上面的做法，一步步操作，等香喷喷的蛋糕出来，请来左邻右舍每人分一块，真是幸福时光。那时会把功课摊在餐桌上做，守着烤箱，免得遗忘烤焦了。水煮蛋更是分秒必计，我是不大相信一千煮反而又能煮嫩的话。

有段时间喜欢逛家事用品店，可那时根本不做饭啊。人真怪，就像有回一大家子约了去游泳，我浴巾、毛巾、洗发精、吹风机……带了一大袋，二哥一看说："奇怪了，我一条泳裤就够了，怎么不会游泳的人带这么多东西？"我喜欢美丽的餐具、杯子、汤匙、围裙……这些东西都给我岁月静好的幸福感。在几乎不做饭的那段时光，却没停止添购这些东西。

还买过好几个造型奇异的定时器——菠萝、西红柿、小鱼样子的。虽不做正餐，早餐还是要做的，定时器用来计算做松饼的时间、煮蛋的时间，还有，计算泡澡的时间、做体操的时间、弹琴的时间……感觉生活在不断地归零，所以我很喜欢定时器。

不过，那些外形可爱的定时器，时间到了"铃"一声就完了，一时走开或是炉子上正大炒、油炸，抽油烟机声大作便根本听不见；且不精准，特别是那种两三分钟的情况，误差不小。先生听我抱怨，笑说那种发条定时器根本是玩具，马上帮我去买了个有秒表功能的电子定时器。

起初我是不满意的，只觉太丑了。厨房里的东西，就得长得像西红柿、苹果啊，可凑合着用一阵子便依赖它了，炖肉、烧鱼时设个时间就能放心去做别的事，时间到了它会“哔哔哔”叫到你去把它按掉为止。再看它四四方方的样子，老老实实，很管用。

烤个咖喱白带鱼吧。白带鱼撒上盐、胡椒粉少许，搁置片刻，吸干水分，撒上咖喱粉一大匙、中筋面粉两大匙（怕粉末裹不均匀的话，可以用个塑料袋，把鱼一起放进去，摇一摇便成了）；烤盘薄薄抹一层橄榄油，放进烤箱，二百四十度，设一下定时器，十五分钟后取出，淋一点酱油。这做法也可烤多利鱼、鲷鱼；也可加马铃薯（切片）同烤。

好吃地食物只在寻常

厨房门上有两个布告板，一个应儿子要求写上“今日特餐”；不过平常做菜已经手忙脚乱了，哪有闲工夫，买来几日，就经常停留在同一个“页面”，通常只有周末心血来潮时拿起板擦、粉笔更新板面。

最近有一阵子没写菜单了，二哥来访时站在厨房门口边念边问：“清蒸龙虾、花雕鸡、清炒花椰、干贝萝卜排骨汤……你们每天都吃这种东西吗？”嫂嫂说：“你干脆来小妹这里搭伙吧。”二哥看了旁边另一个布告板说：“我不要，我来可能没吃到东西，她还得叫我做这个布告栏上的事情。”

另一个布告栏，专门记录老公答应帮我或儿子做却老是没做的三件事。这块板子我也不常更新，这倒不是懒惰，而是他“老是没做”。每天早餐时，我大声朗诵这三件事，让他三省吾身。

有一天朗读到“找柜子钥匙乎”（因为儿子需要）时，老公答道："找到了！"

啊？我和儿子面面相觑："他——他去找了呀！"儿子哎哟一声："这可得记载在家谱上。"我说："他这就光宗耀祖了！"

不过，那久未更新的"今日特餐"被二哥一念，我倒真的心虚起来，赶紧擦掉，换一套当天的新菜品，又不是整天在吃龙虾，何况儿子下过"禁奢令"的。

有个周日去超市买了特价鲍鱼回来，当晚试做了盐烤，装便当时顺手放了一枚进去。第二天儿子告诉我，不要带奢侈的食物去学校，同学看了不好。嗯，他说得不错，是我思虑不周，便随口问他："同学会看你的便当吗？""会呀。"老天，我的压力更大了！

我想起他初三基础测验前不久，脚底因蜂窝性组织炎住院一周，把我们急死了。他却气定神闲，静静地在病床上看书，中午吃医院餐时还自顾笑起来。问他笑什么，他说："一想到现在学校里，我同学正对着营养午餐，吸气说'君要臣死，臣不得不死'……"我也扑哧笑出来："你们这些死孩子！"但那"营养午餐"有多难吃也由此可知，可怜他从小学一路吃到中学，也没跟我抱怨。等我开始做便当，有朋友问："他真的愿意乖乖带便当？""喂，太小看我了！我的便当很好吃，好吗！"

我绞尽脑汁搜寻食谱、改进厨艺，却不曾想到，孩子长大了，在同辈间有不同的压力，"不要太奢侈"是他给我的建议。

我问他："怎么样算太奢侈？"

他笑一笑："光是带牛肉，他们就会叫'吃那么好'了。"

"牛肉也不行？"

"其实平常还好啦，同学只是喜欢乱开玩笑，但是龙虾、鲍鱼就真的太过分了。"

"我可没有给你带龙虾！"

好吃的食物只在寻常，尤其便当食物，须得耐蒸。一年多做下来，我更确定了最恰当、最耐吃的便当菜，真的只是家常菜。

第二章

▽

陶渊明种的是什么豆?

熟稔厨事，才懂得食物的真滋味。
食物本身大部分都是天生丽质的，只要不把它“弄难吃”。
虔敬之心对待，自然能做出好吃的菜——这是心法。
实践之道，每一道菜都须在内心琢磨了才下锅，连葱花蛋也不马虎。

最笨的办法，仍旧是最好的办法

有人在讨论区哀号：“真的没有比较方便的办法吗？”底下的回应：“你用啃的吧！”这是讨论荸荠该怎么削皮，我合上iPad，真的拿它没办法呀。

做菜时的常备作料，除了葱、姜、蒜，还有一样，我上超市常会带上一小包，那就是荸荠。做狮子头或各种镶肉得用它；“鱼香”菜系里，鱼香茄子、鱼香烘蛋、鱼香肉丝都派得上用场；它还跟豆腐、鸡丁、虾仁等食材合拍。因为质感脆爽清甜，在蔬果中别具一格。所有软烂的食物，碎肉、豆腐等，跟荸荠配在一起，口感便有了层次；一摊调味酱料里，有了碎荸荠藏身其中，便不致黏乎乎的面目模糊。

荸荠让我想到国乐里的三弦，三弦音色尖锐明亮，有些现代民乐改用音色较柔和的中阮取代，然而江南丝竹及一些地方乐曲，一旦少了三弦，我便觉得少了什么，它不是很突出，却又不可或缺。荸荠之为用，亦是如此。

不过荸荠这个小东西，处理起来有点麻烦。荸荠是球茎，在超市里买到时多半上头还带土。清洗干净的表面虽然平滑，却有一圈圈环节，形状多半不规则，且有鸟嘴状的顶芽、侧芽，拿削皮刀削它，两三下便会遇到“症结”，先跳过，之后再拿水果刀钻之、挖之，真是耗时间。

一定有比较简便的办法吧？上网搜索看看。哇！还真有不少人讨论这个问题。多半说身体用削刀，头尾用小刀，这不是废话吗？有说“配制百分之二十的氢氧化钠溶液，加热至沸腾后投入荸荠，处理四至五分钟后捞出，在清水中搓擦，并加入百分之二的盐酸中和六分钟”，这还能吃吗？有人说用嘴啃，也有人非常认命地说：“只能用小刀慢慢削。”还有人写道：“用小的瓜刨刨。”瓜刨刨是什么东西？再搜索图片看看，原来是那种有小孔的刨丝刀。看来最笨的办法，仍旧是最好的办法，人生多少事，一如处理荸荠。

荸荠，又称马蹄，是因为形似而得名。我每吃港式点心必点马蹄条。多年前在美国念书，心里一烦就想弄吃的，手边两本食谱早已翻烂，想吃点不一样的得靠冥想。有一晚硬是想吃马蹄条，非吃到不可，简直像怀孕。也对，撰写论文，就像怀小孩。自己胡乱配方，把荸荠切碎，柜子里找出地瓜粉，调点牛奶、砂糖，拌匀后放进大同电饭锅里，蒸熟凝固后切块，再裹薄薄的面粉糊炸。啊，我至今还记得冬夜里几个室友抢食那一小盘黄金马蹄条，连记忆都是温暖油亮的。后来我查书，原来马蹄条用的是马蹄粉，上哪儿买哟？地瓜粉加鲜奶，真的也不赖。

我很喜欢荸荠在古代的叫法，凫茈，这名字真美。凫（音服）是野鸭，茈（音慈）是一种紫草，根皮紫色，可作染料。我不知道荸荠古称凫茈的原因，是否因为它身上那鸟嘴般的芽，加上枣红的皮色？总之凫茈这名字美，比荸荠、马蹄都美，给人丰富的联想。

陆游的《野饮》诗有“凫茈小甑炊，丹柿青篾络”之句，说春雨行路难，但是野外孤店里，尚有村酒可小酌，凫茈在瓦甑上炊蒸着，青色竹篮里还摆着艳艳的红柿子呢。人生本多忧患，“野饮君勿轻，名宦无此乐”，这简单的野饮您不要轻视，高官名宦却难得此乐啊！看来，南宋时候荸荠的吃法，就是简单的炊蒸，想来也蛮好。把削好的荸荠放瓦甑里炊，满室氤氲的蒸汽，在春寒料峭里真是润泽人心。我还记得做马蹄条时，先要蒸熟和了水、粉的荸荠，揭开电锅盖的一刹那，那清香呀。

凫茈，也作凫茨，不过“茨”原是指茅草屋，在这里很可能是因为与“茈”同音通假吧。北宋郑獬有《采凫茨》诗，以采挖凫茨表现民间疾苦：“朝携一筐出，暮携一筐归。十指欲流血，且急眼前饥。官仓岂无粟，粒粒藏珠玑。一粒不出仓，仓中群鼠肥。”

郑獬的诗口语质朴，很容易懂，他的个性可以说人如其诗。他是状元出身，年少便有才名，历仕仁宗、英宗、神宗，几度上疏谏言，也曾因耿直得到皇帝的重用，却不免开罪群臣。到神宗王安石变法，他不肯用新法得罪了王安石而遭谪贬，犹不放弃进谏青苗法对百姓之害。青苗法原意是由政府放款，在青黄不接时救济百姓，政府则可酌收利息，增加税收。但实际执行上，许多地方官为了“绩效”强迫百姓向官府借贷，且随意提高利息，甚至额外强加各种名目的勒索，成了政府做庄的高利贷。郑獬不忍百姓疾苦，纳谏无果只得告病辞官，这可是“为政策下台负责”的古训。他过世时，家贫子弱，穷得无钱安葬，棺柩停在安州的庙中十余年，直到后来他的好友任职安州，才让他入土为安。

郑獬为贫民写《采凫茨》，可知那年代，凫茨应是吃不起米饭的穷人充饥之食。诗末句“仓中群鼠肥”，就像《诗经》里的《硕鼠》，讥刺上位者的尸位素餐。

但说真的，古来穷人的种种吃食，到现在都成为养生者眼中的佳肴，地瓜粥、杂粮饭、种种野菜都如此。而荸荠，后来有“江南人参”美誉，止渴、解热，且因为含磷，还能促进生长发育，营养价值甚高。这是大自然默默给予贫穷百姓的馈赠吧。

荸荠，荸荠，我不放弃。再打开 iPad 问擅烹饪的朋友：“你都怎么给荸荠削皮？”

“干吗削皮？超市有卖削好的呀！”

“芋头会咬人”

检讨改进是必要的，便当做了一阵子，我问儿子，哪些菜品特别喜欢？有没有无法忍受的菜？他说了几道特别欣赏的，无法忍受的倒没有，只说“可不可以不要带芋头”。

呃，芋头。

孩子从小不喜欢吃芋头，以前吃冰淇淋，强力推荐他吃芋头口味，他敬谢不敏，也不吃芋头蛋糕。趁着做便当尝试闯关，总以为那是因为他没吃到好吃的芋头。我用芋头做的烧鸡，鸡腿肉先用绍兴酒腌过，爆炒后跟芋头用高汤烧，香着呢！

“你不觉得妈妈做的芋头烧鸡很好吃吗？”

“鸡没问题，但我就是不喜欢芋头的味道。”

唉！我真的叹气了，因为芋头是非常好吃的食物啊。我妈妈最喜欢的食物大概就是芋头了，还可与之相提并论的是菱角，我爸笑说：“都是淀粉，难怪会胖！”这一点我完全肖似母亲的口味。常听到一些名人鼓吹戒淀粉节食，他们吃肉、蔬果，而不吃米、面及所有带淀粉的食物，宣称可减肥，我若照做，一定饿死。

我虽然从小五谷不分，芋头的样貌却清楚得很。在我小学五年级时全家搬来南港，新家厨房外是一片小山坡，几棵番石榴、香蕉，地主不知何许人，那些果树看起来有点自生自灭的样子，显然都野化了，结出的番石榴又小又硬，一看就很难吃。不过，二楼阳台望出去，那几棵香蕉树的大扇叶，倒可满足我“早也潇潇，晚也潇潇”的文学想象；而从楼下厨房的窗口向外望，视野所及，是一片荷叶般的野芋。一把把芋叶伞下住着不少青蛙吧，夏天常听见蛙鸣。

那是野芋啊，偏偏我外公不死心，经常站在厨房窗口张望，终于有一天按捺不住了，他去割了一把回来，坚称那芋叶的茎是可以吃的。他说那叶面是“雾的”不是“油的”，不是姑婆芋，是芋头没错。亲戚们围着那一把芋叶茎讨论起来，他们叫它“芋环”，似乎穷的时候都吃过，一定是各个都忆起了它的美味，最后众人做了用酒糟红烧的决定。

妈妈半信半疑地取出瓮里的酒糟，认真调理了那道菜。切成段、加了红糟的芋叶茎乍看像茄子，我跟着大人吃了一口。很好吃，它比较有弹性，不像茄子那么软烂，但是吞咽之后，喉咙有点痒，咳了两咳，我马上就不碰了。大人们说，是芋没错，但是，那一整盘好像倒掉了。因为它也野化了吗？还是太老了？总之，再没有人去打那片野芋的主意。

芋头真是奇怪的东西，古时候把大的芋头叫做“蹲鸱”，蹲伏着的猫头鹰，真有趣，而我记得妈妈描述芋头时也很拟人化。她削芋头时戴着手套，她做事从不戴手套的，连刷洗纱窗也不戴，嫌麻烦，却怕那芋头。她对我说：“芋头会咬人！”静置在冲洗台上的芋头会咬人？我奇道：“它——怎样咬？”俯身端详，芋头环状的粗糙表皮有许多疙瘩，是那些疙瘩像小嘴似的咬人？像章鱼般张开吸盘似的嘴黏附人的手？妈妈说不清，只叮嘱我：“别碰！”仿佛它真会对我张嘴似的。

后来知道是因为草酸钙和水溶性蛋白质之类的成分交互作用的结果，皮肤接触会感到痛痒，从前人不明就里，便说它咬人，真当它是鸱枭呢。我没被芋头咬过，超市有卖真空包装的切块芋头，处理得漂漂亮亮，最适合我这种戴了手套再拿菜刀，可能连手指头都不见的人。

我平常不爱软烂食物，在德国住过两个月，最稀奇的是他们把许多食物捣成泥，连菠菜也难逃毒手——又不是婴儿食品。我问在德国读书的大哥：“德国人的牙齿都很糟吗？”但芋头例外，芋头天生适合捣成泥。芋泥怎么做都好吃，捏成团炸甜芋圆最常见；加肉馅、蛋黄可炸成丸子，港式点心里称“芋头酥”；加红枣、冬瓜、白芝麻、桂花露等则可做八宝芋泥。据说李鸿章曾宴请洋人吃这道甜点，而且那还是个报复性的“鸿门宴”。

李鸿章出席洋人宴会，有一道小碗冒烟的“小菜”，他拿起汤匙，本能地用嘴唇稍微吹了一下，引起洋人大笑，原来那小菜是冰淇淋。李鸿章不甘受窘，下次回请那批洋人，便让厨子备下可口的八宝芋泥，摆在雅致的瓷碗上。芋泥紧实，刚蒸熟的芋泥热气不窜，客人们毫无警觉，拿起汤匙一舀便往口里送，下场可想而知。这故事不知真假，不过会广为流传，总含有某种民族情绪吧；若是真的，李鸿章也太小心眼啦。

我有个手艺出众的阿姨。她在幼年时被过继给我外婆的妹妹，因为那位姨婆没有孩子。阿姨的父母却是我的姨婆、丈公，小时候我常被这复杂的亲属关系搞得头昏脑涨。我外公是福建常乐人，年轻时随军来台。丈公则是本省人，而且做过总铺师（大厨），做了他女儿的阿姨也习得好手艺。每年过年他们家席开三桌，因为她生、养父母两边的亲戚都要招呼，她一手包办所有菜。我最喜欢她做的炸芋圆，每到她家吃饭，大鱼大菜不稀罕，就盼着这一道，没吃完的还打包。我亲爱的小孩怎么不懂得欣赏芋头的香呢？

我是不喜欢勉强人的，尤其在吃这件事上，我不吃的东西也讨厌别人勉强我；只能以“养生”劝说：“芋头含有多种微量元素哟。”小孩一听“微量元素”就笑了，一脸“你理化烂得要死，还知道什么是微量元素”的表情，他勉为其难地说：“带少一点。”好啊，这算不算闯关成功呢？

一大朵吃进嘴里，仿佛吃下一座森林

便当里的蔬菜必须耐蒸，在我看来，耐蒸排行榜第一名非花椰菜莫属，白花椰、青花椰分居一、二，白菜、卷心菜可排三、四位。我的运气不错，以上几项儿子都喜欢，重复吃也不抱怨。我尽量变换做法，以白花椰来说，它可以炒金钩虾、肉丝、干贝、花枝，还跟所有蕈菇类以及胡萝卜都搭得起来，冰箱里有什么放什么。我最喜欢的组合：蒜片炒白花椰、青花椰、胡萝卜片，是一道美丽的食蔬。

花椰菜营养丰富，蒸了又不会变色、糊掉；而且还耐放，尤其白花椰，在冰箱里放个几天都不会坏，真是便当族的救星。我若是漫画家，就会为它画一顶皇冠戴上。

不过，儿子跟我略有不同，他较喜欢的是胡萝卜素含量更高的青花椰。上西餐厅时，他不喜欢吃生菜是个麻烦，幸亏大部分西餐的配菜都有青花椰，解决了他无蔬菜可吃的问题。而我更喜欢的是白花椰，老觉得青花椰里头可能埋伏着小虫子，更大的原因是，我喜欢白花椰的形状。

小时候画图，经常会画一幢平房，有门，两个“田”字窗，有屋檐，屋顶上也许还有烟囱。屋旁会有一棵大树，蓝天上几朵白云。屋前两三个小孩，男孩短发，女孩长发，一律是侧面，所以那个女孩的长发就像一柄汤匙，我二哥笑说我只会画“汤瓢头”。我坚持画侧面是因为我不会画正面的鼻子，侧面就比较好画。有一回看几米画油画，画中小男孩有可爱的鼻子，我说：“小时候画图，我最不会画鼻子了。”他居然说：“对啊，鼻子好难画，我也不太会画。”但是我小时很会画树，树随便怎么画都很像，我画的树通常就是白花椰菜那种形状。

怎么会有一种菜长得那么像树？夹一小节白花椰，插在碗里是一棵小树，折下一小段，是一棵更小的树，再撷取末端一小朵，是更小更小的树。“每一棵都像我画的树一样呀。”母亲不耐烦：“一顿饭吃两个钟头，还在看什么树！”我把一大朵吃进嘴里，仿佛吃下一座森林。

读《小王子》，他的星球上有一种能长得像教堂那么大的巴欧巴树，而且它会把根深深钻入泥土里，太多的巴欧巴树，会把整个星球挤爆，因此他必须在它还是嫩芽的时候就将它拔掉，它的嫩芽和玫瑰的幼芽很像，必须仔细分辨。阅读时，我想象的巴欧巴树，便是放大版的花椰菜。

后来知道，我们吃花椰菜的部分居然是花苞，严格来说，是未开的花芽加上肉质花梗。花非花，树非树，花椰菜真是太令人迷惑了。而那每一个小小颗粒，都是一朵小花蕾，一棵花椰菜，能开出千朵小花。那么，吃一盘花椰菜，真的是吃下一座微型森林啊。

以“叮咛喜悦”的心境

我上辈子说不定当过兔子，不然小时候怎么肯乖乖地吃胡萝卜呢？小时候，爸爸傍晚在厨房处理晚餐食材，总会顺手削一根胡萝卜，把我叫来，切一节尾端较嫩的部分给我。我就当水果一样接过来啃。爸爸总说吃胡萝卜对眼睛好，我最乖巧了，故意啃得喀喀响，强调那胡萝卜的爽脆，表达支持。大哥还好，二哥最恨胡萝卜，他还反驳爸爸：“那小白兔为什么近视眼？”小白兔的确都是近视眼，可是那时我们不知道平常看到的红眼睛白兔，其实都是白化品种，所以视力不良。

小白兔视力不佳，我婚后有近距离观察。新婚后在阳台养了两只白兔，后来我怀孕了，平日兔子由老公照顾，他穿短裤站在阳台上，兔子便来啃他的腿毛，我怀疑它们真的以为那是两根好大的萝卜！

那两只兔子胃口真好，饲料吃，胡萝卜吃，小白菜吃，而最爱的竟是玫瑰花！那时我在家写作、待产，生活静好，心血来潮时，从瓶里取一枝玫瑰到阳台上，把两只兔子招来，你一瓣、它一瓣，慢慢分给它俩吃。当然，玫瑰不是日日有，胡萝卜倒是冰箱里常备的。

但也不是所有的兔子都喜欢吃胡萝卜。后来我又养了一只漂亮的荷兰侏儒兔，它的毛好柔软，全身土棕色，脖子上一圈白毛，像戴了一条白围巾，我叫它 Merino（美丽诺）。这只小兔子很怪，只吃我们认为应该很难吃的饲料、干草，至于胡萝卜、小白菜、苹果等，所有想象中兔子爱吃的生菜、水果它碰都不碰。真是“一样萝卜养百样兔”啊，还有根本不吃胡萝卜的兔子！

它不吃，我吃。每次试着切一小节引诱它，那节胡萝卜的下场就是被丢进垃圾桶，至于另一段，则进到了我的肚子里。后来听专家说，胡萝卜素必须用油炒过才能充分溶解出来，生吃对眼睛未必格外有益。无论如何，我也算个书呆子，长期车上看书、床上躺着看书，在还没使用计算机工作之前，年轻时一直保持优良视力，没戴眼镜。总是相信胡萝卜！无论炖肉、煮汤、炒菜，有机会便要加一点增色，它有时以块状，有时丁状，有时以细丝状出场。

在餐馆菜单上看到过“甘笋”之名，当时一头雾水，原来那是香港人对胡萝卜的叫法。胡萝卜大概来自西域，故称“胡萝卜”吧。

再说白萝卜。这红、白两兄弟只是长得像，其实关系疏远。胡萝卜属伞形目伞形科，白萝卜则是十字花目十字花科，相同的只是都食其根。日本人有趣，叫白萝卜“大根”，称胡萝卜“人参”——闽南语中的胡萝卜说法便来自日语。那么真正的人参呢？日本人说“高丽人参”，其实中国东北也产人参啊。

闽南语把白萝卜叫“菜头”，我大四时的导师绰号便是菜头，他是个教声韵学的好老师。我还是讲萝卜吧。

在我眼里，白萝卜比胡萝卜更美丽，尤其是近年来的新品种——白玉萝卜，小巧剔透，拿起端详，每棵都像故宫文物。有一年我参观美浓地区的白玉萝卜季，亲自去“拔萝卜”，这才知道自己从小被童谣误导了。以前总以为萝卜是根深蒂固于泥土中，使力一拔便要坐倒于地。其实无关大小，白萝卜须种植于排水良好的砂质土壤，肥大的根种在松软的土里，轻轻一抽便可拉出土壤，根本不费力。

中学时读夏丏尊《生活的艺术》一文，有段描述弘一大师的文字，一直深深烙印在我心中。他说弘一法师是过午不食的。未到中午，“我送了饭和两碗素菜去（他坚说只要一碗的，我勉强再加了一碗），在旁坐了陪他。碗里所有的原只是些莱菔、白菜之类，可是在他却几乎是要变色而作的盛馔，叮咛喜悦地把饭划入口里”。“莱菔”便是白萝卜，可是怎样“叮咛喜悦”的神情？实在太教人神往了。

我这俗人，有耐心的时候，周末熬个白萝卜炖排骨。排骨切小块，白萝卜切滚刀块。排骨先川烫过，去腥，重新入清水加米酒、葱段，炖至肉可脱骨，加入白萝卜小火续炖二十五分钟，加盐，撒上香菜。我最喜欢这萝卜滋味，咬在嘴里，鲜润而不烂，招来老公小孩各夹一块入口，说着“快吃快吃，刚刚炖好的”。这应是接近于“叮咛喜悦”之心境的吧。

无瓜不欢

我小时候对于一句谚语总是心生怀疑："人若衰，种瓠仔生菜瓜。"比喻诸事不顺。可是生菜瓜到底有什么不好？菜瓜那么好吃！这不是失之东隅、收之桑榆吗？

菜瓜即丝瓜，是我少数从小就认得——看见藤蔓便能认出——的攀缘植物，当然那是因为家附近总有人种丝瓜。瓠仔？比较少，南瓜、西瓜、苦瓜不曾见，丝瓜却非常普遍，走到哪儿，有棚架处便有丝瓜。即使在闹区，有时出现一小方奇零土地，也能看见漂亮的黄花像牵牛花一样攀缘绽放，有的花萎缩了，顶端结出圆柱果实，有的硕大果实杵在那儿，似要等着做菜瓜布呢。

丝瓜喜欢在夜间开花，雌雄异花同株，为确保结成果实，现代农夫常在夜间为丝瓜授粉，也就是把雄花的花粉沾在雌蕊的柱头上，增加"受孕"的机会。有一年我去屏东高树乡任短暂的"驻村作家"，夜晚出来散步，经过网室栽培的丝瓜棚，看见农人在网内忙活，莫不是跟令狐冲一样想偷瓜？这一问，农场解说员笑说："他在为丝瓜做媒啦。"我心想："这些花受孕可方便！"闻着空气里一种巧克力香——那是植物的信息素吧？结实后的丝瓜倒没有巧克力味了，不然，女人家应该更喜欢丝瓜吧！

女人有别的理由喜欢丝瓜。有一阵子跟几位作家姐姐们聚会时，常见最懂草木的方梓姐拿出一个小瓶子，仿佛唐门解药似的交予某人。我好奇地问："那是什么？""丝瓜露。"她说。还说是她婆婆还是妈妈接的天然丝瓜水，将丝瓜藤蔓切断，用干净瓶子盛装，最近收集了一些，下回带给我。其实下回见面往往数月后，这种"天然神水"保存期限不会太长，我忙说不要麻烦了，但忍不住赞美："难怪方梓姐皮肤愈来愈好了。"丝瓜水、小黄瓜都美容养颜，可见有个"瓜"字的植物对皮肤都不错。

我爸妈对养颜没有多大兴趣，但深信所有瓜类食物都能清凉退火，爸爸老在我耳边咏叹瓜的好处，他是所有瓜食的拥护者。小时候水果的改良技术还没那么厉害，我记忆里每年夏天都会吃一堆完全不甜的香瓜，我一见就皱眉头："又要吃企归了！"爸爸却吃得津津有味。夏天餐桌上更是无瓜不欢，特别是丝瓜。入菜的瓜我却一点也不排斥。

熟稔厨事，才懂得食物的真滋味，原来，丝瓜是甜的，那甜，是种隽永的清甘。许多食谱教人煮丝瓜时加水，其实除非是做蛤蜊丝瓜，适合较多的水分，以免烹煮过程中蛤蜊干掉，否则可以滴水不加，却能得出一盘原汁原味的甘甜“丝瓜露”。

常做丝瓜炒蛋，先打两颗鸡蛋，打散，少许油，小火煸炒成散粒，然后放进切厚片的丝瓜，盖上锅盖，转最小火焖，过程中有时掀盖略翻一下，以免水分未出来之前黏锅烧焦了。焖几分钟后，水分逐渐释出，可以完全不管它，让它盖着锅盖继续出水。我的炒锅盖是透明的，可以从外观察锅里的变化，看见丝瓜整个煮软了，已经是汤汤水水一锅，便加少许盐起锅。我老公非常欣赏这道菜，喜欢舀那汤来喝。抢我的“丝瓜露”，一定也想青春不败吧。

澎湖丝瓜则不必煮烂，切成厚条的澎湖丝瓜与白山药、山木耳一起放入鸡汤煨煮，鲜甜清丽。我在四知堂吃到后，回家立刻模仿，要诀是三分钟即起锅，切莫煮烂，失了绿意。

陶渊明种的是什么豆

我应该是熟悉黄豆的，从前妈妈煮的汤，我最爱的是黄豆炖排骨。爸妈还常自己做豆浆，不只甜豆浆，爸有时做咸豆浆给我当早餐，加榨菜丝、虾米、油条，实在是美味。而剩下的豆渣也没浪费，可以拿来煎饼或炒蛋，这些料理在外头都吃不到。有回老公去四川出差，回来很稀奇地告诉我，四川的豆花是咸的、辣的。我笑他少见多怪，我们家小时候连豆浆都吃咸的。

我对所有豆类食品来者不拒，很可能源于童年的饮食习惯，热爱豆腐、豆干，连零食都爱吃“一心豆干”。然而却直到最近才意外发现我非常喜欢的“毛豆”的身世！原想上网找找，毛豆除了水煮，炒豆干、肉丁之外，还有什么新奇的做法？这一查，赫然发现原来毛豆就是黄豆的“小时候”！

毛豆在荚果发育至八分满时采收，像宝宝，还有婴儿肥，是为毛豆；等到荚果发育成熟，豆荚干枯了，采收到紧实坚硬的“老毛豆”，就是“黄豆”了。那么毛豆与黄豆的正确学名是什么？是大豆。原来小时候读地理，背各地产物，大豆、玉米、高粱……那个“大豆”就是在说它们啊！

而陶渊明的“种豆南山下”，种的到底是什么豆？黄豆、绿豆、红豆都是中国自古有之的食物，更别提还有豇豆、四季豆、扁豆、豌豆等各式各样的豆了。初读《归田园居》诗，可能因为发音、文字的美感，我想象的是豌豆。自从长大在啤酒屋吃到好吃的毛豆之后，忍不住幻想，嗜酒的陶渊明，会不会已经发现毛豆连荚加点盐、八角、黑胡椒氽烫之后，非常非常下酒？他一定没发现，不然怎舍得放任“草盛豆苗稀”呢？怎么样也要想办法种出满山遍野的毛豆吧。

我常炒毛豆，也常做黄豆烧肉。做黄豆烧肉，黄豆浸泡数小时；五花肉炒到逼出肥油，然后加盐、酒、酱油、冰糖炒匀上色，再加黄豆、淹过整锅食材的水，小火炖煮四十分钟即成。

还喜欢一种与黄豆相关的食材：豆豉。比如豆豉排骨。把排骨在水龙头下反复冲水去腥，然后用香菇素蚝油、酱油、酒、糖、盐、豆豉（切碎）、辣椒丁（不吃辣的可用糯米辣椒，取其香气）腌十分钟，再加上事先油炸过的蒜末、一小瓣陈皮或酸梅（切碎），进电饭锅里蒸二十分钟，揭开锅盖撒一把碧绿葱花。啊，那可真是香啊！

豆豉真是做菜的好伙伴，如此善于提味。炒山苏、水莲之类的野菜也对味，这时，它跟小鱼干是一伙的。据说它还能治病，那是初唐天才诗人王勃的故事。

那时的洪州都督阎伯屿，在重阳节为重修滕王阁落成而大宴宾客。王勃就是在这席间落笔写成传世之作《滕王阁序》。隔日，阎公因贪杯又感“外邪”（中医说风、寒、暑、湿、燥、火和疫疠之气等从外侵入人体之病），浑身发冷，汗不得出，骨节酸痛，咳喘不已——听起来很像是流行性感冒。群医诊治，都主张用“麻黄”，但这阎都督最忌讳麻黄，说它是峻利之药，他年事已高，岂可乱用？于是群医束手。

这时王勃拿出了一把豆子。他日前在河边遇见一老翁摊晒豆子，那豆子浸泡了草药汁后煮熟发酵，老翁告诉他这叫豆豉，可做小菜，下饭极好。他抓几粒放口中咀嚼，香中带甘，滋味绝佳，便掏出银钱买了一大包。王勃建议以豆豉为药，立刻引来群医讪笑，都督也觉得那是“土民小菜，焉可为药”！不过豆豉是食物，吃吃也无妨。想不到都督吃了三天，果真见效。王勃告辞时，都督以重金为谢，王勃辞而不受，却对都督说：“这是河边老翁的生计，与其谢我，何不为老翁扩大作坊，让这豆豉的制作广为流传。”从此，豆豉传遍各地。

我想，如果都督真是感冒，本来休息三天也该缓和些了，而豆豉——不知道阎老先生是否让厨子做了豆豉排骨，或是豆豉蚵仔、豆豉鱼、豆豉苦瓜来吃？让胃口一开，会好得更快吧。

我还喜欢黄豆做的豆腐，各种“家常豆腐”胡乱搭配着做，经常是冰箱里有什么配什么；有时烧鱼，也随手切一块豆腐放进去同烧。在馆子吃饭时，清蒸龙虾、鱼、蟹常以豆腐衬底，我专吃那吸饱了汤汁的豆腐。尔爱龙虾，我爱豆腐。

豆腐的故事最多了，它的起源还跟道家炼丹之术有关。据说淮南王刘安为求长生不老之术，与“八公”（八个门客）整日研发丹药，一不小心，把盐卤滴进豆汁里，化成了白白嫩嫩的东西，这时有胆大者取而食之，发觉美味可口，取名“豆腐”。

此说不知真假，不过南宋大理学家朱熹显然是相信的，他甚至亲自实证。据说他做过一个实验，把一定量的水、卤水和豆子先称量，发现做成豆腐之后，重量多了，表示有不知名的物质在其中。这实验的结果是，朱熹便不吃豆腐了。有些学者认为朱熹是颇有成就的自然科学家，譬如他是最早辨认出化石的人，比西方早了四百年，果然具有实验精神。他有一首充满讽刺的咏豆腐诗：“种豆豆苗稀，力竭心已腐，早知淮南术，安坐获泉布。”“泉布”即货币，就是钱啦！他说某人努力种豆，却种不出几根苗来，心都“腐”了（此两句诗，刻意用上“豆”“腐”二字），倘使他早知道淮南王做豆腐的方子，就可以安坐着数钞票了。

诗中叙述的那个人，当然就是“种豆南山下，草盛豆苗稀。晨兴理荒秽，带月荷锄归”的陶渊明了。所以，根据朱熹的理解，陶渊明种的是可以制作成豆腐的大豆，也就是黄豆和毛豆。而我坚信，陶渊明更想要知道的是凉拌毛豆的食谱。

便当里的常客

诗人焦桐宴请几位作家在银翼吃饭，先上来一道淮扬名菜文思豆腐，据闻这是由扬州天宁寺文思和尚发明，把豆腐切得细如发丝，盛在黑色大陶碗中，滋味极清隽。一见那神乎其技的刀工，便想起黄蓉的“二十四桥明月夜”。

黄蓉十指灵巧轻柔，还有“兰花拂穴手”的功夫，才得以把触手即烂的嫩豆腐削成二十四颗小球放进火腿里；蒸熟了之后火腿弃之不食，只吃那饱吮火腿鲜味的豆腐小球。这道菜骗得洪七公教郭靖降龙十八掌。唉！听来只觉暴殄天物，跟曹雪芹的“茄鲞”异曲同工。不过，好刀工真的令人羡慕。

达不到的事，姑且不勉强，我大概做不出那地道的文思豆腐，那不只要求刀法要细，并且要快，因为豆腐非常软嫩，快刀才能切得细又不断。但我还是有一个灵敏的舌头，舀一匙文思豆腐入口：“里面的细丝是笋子吧？”焦桐点点头：“瑜雯舌头很敏感啊！”

这是做菜时典型的反衬手法，用有点脆度的竹笋丝，更能衬托豆腐的柔嫩轻灵。竹笋、荸荠、芹菜都常扮演这种角色。

豆腐是我便当里的常客，平常在外头吃饭，有时一群朋友，大家说一人点一道菜，我多半点豆腐。做便当以后，对待豆腐的方式，可以说就是我当日心情的指数。时间多、心情好，我会大张旗鼓，把豆腐当皇后侍奉，从冰箱搜索一干朝臣：梅花肉片（或鸡胸肉、绞肉）、笋片（或玉米笋）、豌豆荚（或甜豆）、木耳、胡萝卜、香菇、火腿、金钩虾、青葱……

把豆腐切片（我较喜欢传统的板豆腐），入油锅煎，说它是皇后，正因为豆腐一定得细心伺候，切、煎、翻面都要谨慎才不致碎裂。取出豆腐后，原锅爆葱炒肉片，陆续加入其他配料炒匀，加水或高汤，少许盐、酒，加回豆腐，小火烧煮十来分钟，让豆腐尽收精华，起锅前勾芡。这道家常豆腐，配料变化万千，无论肉、虾、菇类、蔬菜，滋味皆为皇后——豆腐收拢。

我后来在一本食谱中发现，还真有"贵妃豆腐"一味，不过那就真的是"贵妃"了，那食谱上用的是嫩豆腐。同样爆炒肉片、种种蔬菜片，以及豆豉，再加水（或高汤）、盐、酱油煮开，放入嫩豆腐，烧煮十来分钟后勾芡起锅。

更有闲情逸致的话，做个百花镶豆腐，板豆腐中间挖个洞，揉成球形的虾浆沾点太白粉填进去，进电饭锅里蒸十分钟左右，淋上葱花、日式酱油即可。挖个洞填虾浆、填绞肉，比起要削出“明月夜”可简单多了。

那么，心思恍惚或是时间匆忙时又该怎么处置豆腐呢？葱豆腐是其一，豆腐在酱油里浸一下，热油锅，加少许盐，倒入豆腐，再加点清水，小火煮五分钟，起锅前撒点葱花、白胡椒粉。烤豆腐是其二。煎豆腐是其三，板豆腐切片抹点盐，煎至表面金黄微酥，撒上黑胡椒粉、葱花或细葱丝即成。这类做法，在简单中见豆腐真味。夏天凉拌豆腐最好，可惜不能做便当菜。

其实我心中最眷念的是麻婆豆腐，在洛杉矶念书时常用它下饭，陪伴我许多的时光。麻、辣、烫、香、嫩，麻婆豆腐一度成为川菜在台鼎盛时期的标志。可惜啊，孩子不吃辣，这秘密武器始终按兵不发。

眷村里的味道

便当不适合带汤，因此我平日不煮汤，唯有周末全家齐聚吃饭时做汤，无非莲藕排骨、清炖牛肉汤之类。一天，小孩问我："你为什么不煮南瓜浓汤？以前舅妈常煮南瓜浓汤，好好喝喔！"咦，我真的没有想到做这"洋"食，做菜一向不太用奶油，是很地道的中国胃，而小孩只喜欢煮烂已无"南瓜之形"的浓汤，并不爱吃当成"菜"的南瓜，我便几乎不曾购买南瓜。

对南瓜的感觉，真的很"洋"，倒不是灰姑娘南瓜车的缘故，是因为在美国生活的两年里，充满了对南瓜的记忆。

我刚到洛杉矶的第一个学期，因为英文不好，担任助教须得修一门辅助教学的英语。大概那时快到万圣节了，有一回老师在课堂上要我们抢答，还说答对了有奖品。我乱举手，居然答对了。以为奖品会是书或笔记本之类，没想到老师从一个袋子里取出一个大南瓜。我吓呆了，真的是个大南瓜！比篮球还大，这怎么抱回去啊？最后是同学绍谊帮我扛了回去，室友们大叫：“你哪里弄来一个大南瓜？”我说：“英文课赢到的！”

该怎么处理这个南瓜呢？雕成南瓜灯吗？那可不是咱们的作风，南瓜当然是用来吃的啊。我闭上眼努力回想，小时候妈妈煮的南瓜粥是什么样子。有肉丝、香菇、虾米、芹菜末，还有，胡椒粉的味道，南瓜是大块连皮的。我想起来，小时候很喜欢吃南瓜皮。那年头吃到的南瓜是纺锤形的中国南瓜，绿皮上有纹路，表皮光滑；不像老美这种扁球形，表皮像橘瓣似的。老美的南瓜的确比较漂亮，真的适合拿来雕刻。

就煮南瓜粥吧，我煮了两大锅粥！不仅室友们吃，左邻右舍的同学统统叫来吃。大家每人捧一碗粥，有的坐着、有的站着，边吃边聊，有人笑说简直如同赈灾一样。

我喜欢这感觉，像什么？像小时候眷村里的味道。不知是真记得，还是后来听大人说起我便以为自己记得了。三岁那年，父亲急性肾脏炎，非常危急，妈妈白天跑医院，大哥上学，我就跟二哥，两个小孩子在家等待。吃饭时间一到，左邻右舍每家都端菜饭过来，摆得满桌子菜。

刚到洛杉矶住的那个小区，共有十户，六户中国同学，两户来自印度，两户来自其他国家。我们常在花圃中间的走道上打羽毛球，那是我一生中运动量最高的时期。下课回来，打打球，然后到厨房里做晚餐。隔壁那户同学跟我们宿舍一样，住了两男两女。两个女生都很漂亮；男生，一个年纪比我大些，长得像成龙，是电机所研究生，一个年纪非常小，看上去才二十出头，是跳级生，来直攻物理博士的，他名字也特别，叫“横空”。

横空长得瘦高，会弹吉他，我跟别的系同学借来一把吉他，横空没事会来弹一下，他唱《一无所有》简直是崔健的翻版。有时我看见他坐在自家宿舍门前的阶梯上，就知道他定是又忘了带钥匙，便把他叫进来一起吃晚饭。那一刻，我觉得这里真像童年的住所，只是我已长大，扮演了照顾“孩子”的大人角色。第二个学期我便搬出那小区，因为作息与室友差异太大，特别是她交了男友之后常把我关在门外，直到半夜才能回房睡觉，我只好另觅还负担得起的单人房住，但至今我仍怀念那半年的“村子”生活。

在万圣节前，我开车到郊区兜风，路经一个大院子，里面堆满了南瓜，我选了几个小南瓜回去当摆饰。第二年我又去，那阳光下堆满南瓜的广场，有种凡·高绘画般的秾丽。后来我们全家多次重游美国，发觉“堆满南瓜”的院子其实是到处常见的景象，但每次见到，我仍忍不住停车流连。

去年春天去拉拉山，水蜜桃季还没开始，又逢雨，我们在神木区走一小段便回头，倒是在许多农产品摊子前驻足，像是来山上买菜似的。一摊摊高山卷心菜、桂竹笋、山苹果、水梨、香菇，还有南瓜，而且是西洋南瓜。大部分小巧，比老美那种的还漂亮。我选了两个，跟儿子说，大的这个回去煮浓汤给你吃，小的妈妈要放阳台当摆饰。

我的南瓜浓汤不麻烦果汁机打碎，只切大块煮烂即可。橄榄油爆香蒜末后，加入奶油、南瓜拌炒，再加水以小火熬煮，另一只锅炒一把松子，等南瓜煮到软烂，已无“南瓜之形”时，加盐、黑胡椒，撒上炒香的松子……

下个礼拜，我还是把阳台上那只南瓜杀来煮浓汤吧。当摆饰吗？那可不是咱们的作风！

不要勉强吃不想吃的东西

适逢端午，茄子忽然变成了“争议”食物，原因是粽子大涨价，民众感叹吃不起粽子，有官员建议改吃茄子。我在社交网站上看到许多人哀号，说要大家改吃别的，也推荐点好吃的嘛，最恨吃茄子了！咦，我小时也怕茄子，原来吾道不孤。

读饮食文章，常听见一种似是而非的说法，说一个人会不会做菜，就看他会不会做茄子，茄子做不好，根本不算会做菜。我想这是被《红楼梦》里那道传说中的“茄鲞”影响的吧？调理茄子竟变成攻关密码了。

这说法不甚公平，我父亲就是不擅长做茄子的，但这并不能抹杀他手起刀落间做出的一道道拿手好菜。

说父亲不善于做茄子，应该没有冤枉他，不然我小时候也不会那么讨厌吃茄子吧。爸爸做茄子的方法实在太“健康”了，他喜欢用蒸的，茄子蒸出来，如同灰败的一摊烂泥……

呃，我小时候最怕吃那种软软的东西，吓都吓死了。初三联考前，跟好朋友一起念书，有时在她家午餐，她母亲端出跟我爸做的一模一样的茄子，更惨的是，我爸不会勉强我吃，她妈妈基于好意，一再催促我吃；而我，基于教养，勉强夹一块放进嘴里，它通过我咽喉的那一刹那，我觉得像有个浪头从食道里涌上来一般。

永远不要勉强别人吃他不想吃的东西，这是那道食物对我的重大启示。人生已经有太多的身不由己，至少在吃这件事上，就让人自己做主吧。少吃某一种食物，不至于就营养不良了，何况，人是会改变的，比如我对于茄子。

逛洛杉矶超市时，我发觉美国的茄子是梨形，不像自家的是长条状，我大惊小怪地拿起来对学长说："这茄子胖嘟嘟的好可爱呀！"学长不以为然："美国茄子不好吃，口感太韧，不容易烂，也没有茄子味。"不容易烂？没有茄子味？那……太好啦！我要来煮煮看。

第一课，就是鱼香茄子，这是我学烹饪的第一项重大进展，不只是从此爱上了茄子，更得到一个心得——凡是不会做的菜，把它"鱼香"一番，至少都能下饭。鱼香箭笋、鱼香肉丝、鱼香溜鸡块、鱼香烘蛋，甚至鱼香萝卜、鱼香豆腐。鱼香没有鱼，而是葱、姜、蒜末、荸荠、绞肉爆香后，加盐、糖、酱油、酒、水、醋、辣椒或辣豆瓣酱烹调而成。有人最后要勾个芡，但我觉得茄子本身已是黏糊糊的，就别再拖泥带水了，倒是起锅前撒几片九层塔更香。

对了，塔香茄子也好吃，茄子先炸到微软捞起滤油，便可快速爆炒而保留漂亮的色泽；炸茄饼、家常茄子、东坡茄子都好吃。再回头来说说我小时觉得恐怖的蒸茄子，后来我才知道，把茄子切片后泡水，滴几滴柠檬汁，浸泡个十分钟再蒸，蒸前涂点橄榄油、撒点盐，蒸出来便是粉紫色，而不会是一摊破抹布。

茄子很有营养，所以我同学的母亲会那样催促我一定要吃。古人有“吃了十月茄，饿死郎中爷”之说，郎中指医生，这有点类似西方“an apple a day keeps the doctor away”的逻辑。

古代的茄子是什么形状的呢？茄子从前有个美丽的别名，叫“落苏”。传说战国时期吴王阖闾有个儿子不良于行，有一天公子跟家丁骑马出城游玩，听见路上小贩叫卖：“卖茄子哟！卖茄子哟！”从小闭门读书少见世面的公子，以为有人对他喊“卖瘸子、卖瘸子”，便回去向父亲哭诉委屈，要父王拿那小贩治罪。人家是卖茄子啊！宠爱儿子的吴王不知如何是好，那晚吴王忧心忡忡回到寝宫，看见妃子帽上两个垂下的流苏，很像要落下的茄子，福至心灵，第二天便昭告百姓，今后茄子改名了，叫做“落苏”。像流苏的到底是长茄、圆茄，还是矮茄呢？

日前去吉隆坡，吃到一道很特别的烤茄子，念念不忘，好好研究烤茄子，将是我的新功课。

如此多椒

从什么时候开始，菜市场里有了漂亮的红色、黄色甜椒的呢？记得从前吃到的都是青椒，并没有甜味。小时候虽不至于不敢吃，但实在不喜欢它的味道，尤其是放在便当里蒸过之后，它的气味太霸道了，整个便当都是青椒味。

食谱中酱烧青椒、豆豉青椒、青椒镶肉是基本菜单，记忆里爸妈的做法则多半是最简单的青椒炒肉丝，但我过去基于成见，买菜时总对它视而不见。一开始吃到黄的、红的甜椒，是在西餐的自助沙拉里，竟然是甜的呀，简直惊为天人！我这人爱美，吃东西凡是漂亮、好闻的先加二十分。

后来在市场上，黄色、红色的甜椒忽然就变得很普遍了，也不算特别高档，经常一红、一黄两个一组，价格十数元，买菜时常顺手带上一组。这甜椒色泽美艳，表皮光滑，上蜡似的，恨不得搁在餐桌上当摆饰，而不是放入冰箱。

甜椒太好用了。以往配色，因为小孩不吃辣，红辣椒用不上，想让食物添点红色，几乎只有胡萝卜可用，这固然营养，但总不能这盘也胡萝卜，那盘也胡萝卜；有了甜椒可好，要红色有红色，要黄色有黄色，绿色的当然不必说，据说还有紫色、白色、橙色的甜椒。啊，为了让做菜者的美术天分能够酣畅发挥，请农人多多培植这些七彩蔬菜吧。

不只颜色，甜椒形状也美，胖墩墩，灯笼似的，难怪还叫做灯笼椒或柿子椒，是因为糖分吃多了长胖了吗？

辣椒是瘦的，辣椒、甜椒都属于茄科辣椒属植物，个性却大不同。

我见过很多嗜吃辣的人，最惊人的是祖籍四川的前辈诗人汪启疆。十多年前我跟一群作家到花莲参访，曾与他同桌吃饭。诗人是地主，忙着招呼大家，整顿饭我几乎未见他夹菜，只见他向侍者要来大半碗生辣椒，配着白饭，呼噜噜就吃完了饭。我看得瞠目结舌，整碗的辣椒呀！都说“四川人不怕辣，湖南人辣不怕，贵州人怕不辣”，眼见这根本是饭配辣椒的吃法，我不知道还要怎样更显得怕不辣。

我中学时也曾无辣不欢，尤其吃汤面的时候，一定要加两匙辣椒酱才够味。长大后不知怎么耐辣力变低了，有了小孩，他一口辣也不吃，我做菜更是只好舍弃辣椒这项绝佳武器，所有我留学时拿手的“麻婆”“左宗棠”“宫保”“椒麻”等辣炒菜系统统放弃。

可是我太怀念辣椒的香气了，不禁叹息，有没有一种辣椒，有它的香，而没有它的辣呢？这几年，市场上忽然蹦出一种糯米椒，长相就是绿色的辣椒，表皮皱一点、丑一点，完全不辣，用来炒豆干、小鱼干、肉片，好吃极了。

我常用它来炒松板肉。松板猪肉逆切纹路成薄片，糯米椒切斜片，热油锅，小火把松板肉炒至变色，加入蒜片、豆豉继续小火煸炒，再加入糯米椒转大火炒熟，加盐、黑胡椒、一小匙米酒（或绍兴酒）后起锅，这是一道快速而感觉高档的菜。

糯米椒也可取代辣椒，搭配葱姜蒜，作为大火快炒前的爆香材料，甚至成为蔬菜主角。啊，是谁听见了我的愿望？

不可食无笋

少时读东坡诗："可使食无肉，不可居无竹。"脑海里老想成"可以不吃肉，不能不吃竹"（当然是吃竹笋，又不是熊猫吃竹叶），便觉得苏东坡跟我一样呀，那么爱吃竹笋。

妈妈也是竹笋迷，她曾跟我说，人要常吃竹笋，就不会得肠癌这类毛病，她深信竹子的高纤维可以清肠。她尤其喜欢煮竹笋粥，竹笋、香菇、肉丝、金钩虾先炒过再加高汤、白饭熬煮，最后撒点芹菜粒、白胡椒，我可以吃两大碗。

多年前，我曾在温世仁先生成立的明日工作室短暂工作过，温先生常以美食犒赏大家。有一回同事问他："您什么美食都吃过了，最最喜欢的一道食物是什么呢？"温先生不假思索回答："卤肉饭。"童年的味觉记忆，山珍海味也无法超越。出身贫寒的温先生难忘卤肉饭的滋味；那时，我也问了自己，想了又想，内心深处最难忘的味觉记忆，应该就是妈妈煮的竹笋粥了。

现在为孩子做便当总不能带稀饭吧，此外，我很喜欢夏天清爽的凉拌竹笋，也带不得；于是竹笋不是用来烧卤就是烘炒，有时大块，有时薄片，有时切丝，虽多半是配角，它的高纤特性天生可中和油腻或软烂。

竹笋烘蛋是我常做的一道。有时口味重一点，剥两个咸鸭蛋，做金沙笋片，很下饭。先把咸蛋的蛋白、蛋黄分开、剁碎，蛋黄加蒜末小火炒到起泡了，加进笋片、咸蛋白、一匙米酒、少许胡椒粉大火拌匀炒熟，打两颗新鲜的蛋下去，炒到蛋凝固，撒点细葱花便可起锅。新鲜蛋加或不加，是不同的风味；若是不加蛋，那么咸蛋白也得舍弃，就取那咸蛋黄的金沙之色。

笋子唱主角，还有“炒二冬”，冬菇、冬笋二冬煸炒，香菇水和少许酱油、盐、糖入锅收汁，再勾上薄芡。

做竹笋料理第一功夫在挑笋，挑对了笋子，怎么做都好吃。冬笋竹香浓郁，但我更喜欢初夏的绿竹笋。绿竹笋俏生生，细致清甜，水梨似的，夏日一上市场先挑两根绿竹笋再说。诗词里常把纤细的手足比喻为“玉笋”，其实市场买来的笋子经常沾泥带土，而且，我谨遵书上教的，不挑那种高挑纤瘦的。

这个周末，挑回两只歪头沉思的“胖鹦哥”，并排放在冲洗台上，一对爱侣，真可爱。但不能放着欣赏，当天就得煮了它们。看起来不像青菜娇嫩的竹笋，其实最放不得，会愈放愈老。因为竹笋内有活动力特强的分生组织，即使已经掘出来卖、带回家放冰箱里了，那些活泼的细胞还能继续分裂，真是精力旺盛的一种食物啊。

竹子还有节节高升的美意，而笋子是源头，雨后春笋象征一片欣欣向荣。据说唐太宗就是热爱春笋的，每年春笋上市，还大摆笋宴，召集群臣共享。

我们一家每年去苗栗看桐花，吃客家餐，必点的一道不是客家小炒，也不是姜丝大肠，而是福菜卤桂竹笋。桂竹笋有一般笋子没有的爽脆，形状是大大小小的管子，真好像在嚼一节一节的竹子。前年开始做便当了，回程时便向路边老阿嬷买一大袋桂竹笋，她殷殷叮咛，回去一时吃不完，要全部先煮熟了冰起来，以后再拿出来炒肉丝或煮汤，不然会马上老掉。我知道的，红颜易老。

笋子是竹子的baby，中国人真有趣，把许多形状瘦长的植物baby，也都叫做笋了。芦笋、茭白笋与竹笋外形有雷同处，但其实关系疏远。

一次我做了培根芦笋卷便当放在社交网站上，马上有读者来问，要怎么卷才不会散开。其实培根一受热就自然黏住了，等到培根煎香，里面的芦笋也熟了，只要撒点黑胡椒调味就可以了。不过，最好选泰国进口的细芦笋，一卷可以包个五六枝，也容易熟。

玉米笋是最常吃到的，在玉米连茎心都还鲜嫩时便采摘下来，老外则叫它baby corn。它也是我的常用配料，冰箱里经常备有一小盒，炒三鲜、炒菇类，随手抓两支切片配色，它煮不烂，最好用了。

之前在杂志社工作时，曾到南投采访，有人请我吃当地的风味食物，第一次吃到“甘蔗笋”，闻所未闻，原来也是甘蔗的baby而得名。那是红甘蔗顶端稚嫩的茎心，只是清炒，就已鲜嫩难忘。可惜平常市场买不到，还未曾做给家人吃。

想来，不管八竿子打不打得着，有这个“笋”字的东西都好吃。不过，常挨揍的小孩不会喜欢“竹笋”，究竟是哪个聪明人先发明的呢？把打孩子叫做“竹笋炒肉丝”，用“炒”这个动词——锅铲翻过来搅过去，真是太妙了！

我不喜欢上面的黑点点

暮春南下去凤新高中，这年头有了高铁，南北奔波不以为苦，倒是很享受偶尔脱离日常工作的浮生半日。校方到左营高铁站来接我，一路往市郊去，路旁清澈水田里，禾稻摇曳。我说："你们凤山水土真好，水稻长这么高！"老师愣了一愣，哈哈大笑："那是茭白笋哪！"

茭白笋长这样？它完全不像竹子，倒像是稻子啊？回家后赶紧上维基百科查阅，在禾本科底下，有菰属、稻米属、小麦属等，茭白笋就是菰。至于竹，是禾本科下的一个竹亚科。

"菰"字在诗词里磕头碰脑地常见面，以往只知它是一种谷类，诗里总说"菰米"，也知道它还有个别名叫"雕胡米"。李白有诗"跪进雕胡饭，月光明素盘"（《宿五松山下荀媪家》），妇人送来雕胡米饭，月光照着妇人手中素盘，那映照的是田家朴实本色，也是诗人的感恩之心。储光羲《田家杂兴》八首中，有"夏来菰米饭，秋至菊花酒"之句，夏天吃菰米饭，秋天赏菊喝酒，一派恬适。菰米、菰米，搞了半天，茭白笋会长出米？

我小时候不喜欢吃茭白笋，那年代的茭白笋质感粗疏，且有许多黑点。妈妈常用茭白笋炒肉片、木耳，我只挑肉片和木耳吃，硬是避开茭白笋，我不喜欢上面的黑点点，老觉得那是发霉了。凤山的新朋友告诉我，那是种专门寄生在茭白茎部里的菰黑粉菌，会刺激薄壁组织的生长，使嫩茎膨胀，长成笋形的“美人腿”，就是我们吃的茭白笋了。现在少有人吃菰米，农业的研发，都在这“美人腿”上，难怪我在市场买到的茭白笋跟小时候的印象已大不同，比较纤瘦，质地紧致细嫩得多，黑点点也变少了。

茭白笋宜清炒，就像我母亲的做法，加点肉片、木耳，是我童年的菜；肉片换成花枝也不错。清炒之外，手边有九层塔时，可做三杯茭白笋。

过年前阿姨给我送来她自制的油酥酱，香死个人（没有个好阿姨的人，只好去超市里买现成的了）。我把茭白笋、木耳、胡萝卜、青葱切细条，调少许素蚝油、酱油、米酒、白胡椒，两大匙油酥酱淋在上头，进电饭锅蒸十分钟出来，拌一拌就是一道葱油茭白笋。

也喜欢把茭白笋跟蕈菇类搭配，做个茭白笋烩鸿禧菇。茭白笋、鸿禧菇都先川烫；油锅爆香蒜片、糯米椒（或辣椒），加少许水煮开，加酱油、盐、糖、胡椒粉，再放回茭白笋、鸿禧菇，最后加一小匙黑醋，勾个芡，撒点香油，入口滑润，很有滋味。

每年中秋要回婆家烤肉，我对烤肉兴趣缺乏，唯独喜欢烤茭白笋。婆婆保留一部分外壳，在里面抹一点盐，裹上锡箔纸放烤架边缘慢慢烤。烤肉吃腻了之后，茭白笋也熟了，一根根剥开来，烟火气中，有股甜甜的清香。

我有时如法炮制放进烤箱伺候；有时做点变化，撒盐之外，涂点奶油；或是调和XO酱、米酒、酱油、糖、盐、水、太白粉，做成抹酱，这种做法，要把外皮较粗的纤维削掉，对半剖开，酱汁薄薄敷在表面，烤七八分钟表面干了即可。没有外壳保护，水分易流失，且酱汁烤久了会焦掉。烤好趁热咬一口，霸道的XO酱里裹着甘美的汁液，有外刚内柔的强烈反差。

都说茭白笋不要跟豆腐一起吃，会得结石，配菜时我得把这点记牢。

九份山城
九份山城

别拿马铃薯不当主食

“我同学看到我带马铃薯，啧啧称奇。”

“为什么？马铃薯很奇怪吗？”

“因为很少人拿它当主食啊！”

“德国的主食就是马铃薯。”

待在德国的那段时间，常跟着哥哥嫂嫂逛超市，那时让我啧啧称奇的是，那里的米是包成一小包一小包售卖的。多小呢？差不多一个马铃薯大小。至于马铃薯，则堆在角落，一大袋一大袋的像一座座小山。

马铃薯是主食，可以整个烤，可以削成条状油炸（french fries）、削成丝煎成饼状（hash brown）炒马铃薯块，还可以捣成泥——在大学餐厅吃自助餐时最常见到，上头浇点肉汁，当年我实在吃不惯，现在却很怀念。

马铃薯其实是世界第三大粮食作物（次于小麦、玉米），偶尔拿来当主食，并不奇怪。主要是儿子真的喜欢吃马铃薯，我有时去超市一买就是一大袋，周末做做西餐，剩下来一定得在它们发芽之前处理掉；用来做菜太慢了，烤了做主食吃，才不暴殄天物。我是不炸薯条的，用锡箔纸包起来丢进烤箱二百四十度烤一小时，整个烤松软了，挖出来代替白饭，孩子吃得高兴，不过同学们觉得他的便当很稀奇。

爸爸不讲马铃薯，称它为“洋山芋”，其实芋头是天南星科，马铃薯是茄科，只不过两者都吃块茎部分，把马铃薯当成外来的山芋，倒不奇怪。我最稀奇的是大陆同学管马铃薯叫“土豆”。土豆在我的印象中是花生啊，个头差太多了吧！印象中一般叫做“豆”的，都是圆圆小小颗粒状的东西。

那回我们一大群留学生聚餐。我在厨房里忙进忙出，隔壁的天才跳级生横空跟在身边帮忙，他说：“我们聚餐，都是男生掌厨，女孩子聊天、玩耍，高兴的时候过来指指点点。”我笑说：“你是上海人啊。”上海男人宠女人看来不假。该派给横空什么活呢？我把烫熟去皮的马铃薯、鸡蛋丁拿给他捣泥拌沙拉。他说：“啊，你怎么知道我最喜欢吃土豆沙拉！”我四下张望：“哪里有土豆？”

马铃薯会发芽真是件麻烦事，因此只要买了一袋马铃薯，那礼拜一定绞尽脑汁让马铃薯频频上场。它可以跑跑龙套，比方用来炖肉、红烧牛腩、咖喱鸡、什锦炖蔬菜。它也可以独当一面。焗烤不错，我还常做五香卤马铃薯，非常简单，去皮切大块，切点胡萝卜配色，川烫一下，然后爆香青葱，把马铃薯、胡萝卜丢进锅里，加一大匙五香粉、一大匙酱油、少许盐、白胡椒粉，水淹过作料，中小火卤十五分钟即成。

食谱上学来一道味噌马铃薯。先调制味噌酱汁：味噌、糖、米酒、酱油、辣椒酱炒匀（我不写分量是因为口味偏甜、偏咸或偏辣，非常主观）；马铃薯去皮切圆片，另起锅以橄榄油煎至两面金黄，加四分之三杯鲜奶用小火煮，快收汁时加入味噌酱汁炒匀，很下饭。

还有一道是我从网络上得到灵感，经过自己改良的咖喱四季豆马铃薯。马铃薯切厚片，玉米笋对半横剖，四季豆去两端、去筋后切成两厘米半短条。奶油一大匙、橄榄油三大匙入煎锅加热后，放入几根糯米辣椒、几瓣大蒜、三大匙咖喱粉，拌炒一下，把马铃薯片加入锅中，少许盐调味，让马铃薯裹上奶油、香料；再放入四季豆、玉米笋，盖上锅盖，改用中火煨，中间不时搅拌以免黏锅，约十五分钟马铃薯熟透，接近微焦最好。这一道吃起来，有印度风呢！

我还在寻找更多的马铃薯做法，因为它太会发芽啦。网络上有一种说法，将马铃薯与苹果摆在一起，放在阴凉的地方保存，由于苹果会释放一种使其他蔬果老化的乙烯气体，可以抑制马铃薯发芽。我照着试验过，找来几颗苹果丢进那袋马铃薯中，训练它们好好相处。结果是，大家一起老了。

一道浪漫的菜

不做菜的时候，看见“豆芽菜”一词，脑海里最先想到的是不能当饭吃的“音符”，音符是可爱的小豆芽；等重拾锅铲，一见到豆芽菜便浮上愉悦的想象。

小孩子都孵过豆芽菜，儿子幼时，自然也要陪着他实验一遭。有一天，公公婆婆从中坜过来，我向公公求助除虫的方法，因为阳台上的那棵白玉黛粉叶长了虫子，我正发愁。公公非常会种花，问他肯定没错。公公、婆婆一起到阳台上检视我的盆栽，告诉我没关系，喷点水性蚊子水就好啦。婆婆顺便帮我把一些枯叶摘除，说着“这圣诞红怎么长这么长的杂草”，随手就扯掉了五株“杂草”。我还来不及阻止，灾难已经发生，小孩号啕大哭：“我的红豆！”

那是我不久前跟他一起种下的红豆。我们放六粒豆子，发芽了五棵，很不错的成绩。前期我用棉花铺在漂亮的小陶盘里，小孩每天给它们喷水。发芽以后，我怕豆子里的养分很快会用完，手边没有多余的盆子，便把豆芽移植去跟圣诞红住在一起。小孩每天张望，期待红豆开花，长出小豆荚来。他在书上学到豆子的花会变成豆荚，然后里面会长出小红豆。盼哪盼哪，花还没开，竟被不知情的婆婆迅速扯掉了。

“我的红豆！”

婆婆慌了，抱歉得不知如何是好。我百般安抚儿子：“不是故意的呀，阿嬷不知道嘛！”婆婆说：“阿嬷下次带好多豆豆来，各种各样的，好不好？”他仍哭个不停。我哄他：“那些红豆长虫虫了，我们重新再种。”没想到这个别扭的小孩哭得更伤心了：“我要我长虫虫的红豆！”

后来小儿已不记得这事了，上学后吃学校营养午餐，偶尔遇见菜叶上有虫，回来告诉我“好恶心”，我说有虫可能会少打农药吧，你小时候还哭着要长虫虫的红豆呢！他当然嗤之以鼻。而他现在的便当里，倒是不乏没长虫虫的豆芽菜，因为豆芽也是比较耐蒸的蔬菜，过一阵子总要让它上一次场。

育虹教我的冬菇、黄豆芽炒腐皮，简单可口，吃起来厚实却不腻滑，我常做。

绿豆芽用途更广，而且有个水灵灵的好名字，立刻直升头等舱，曰“银芽”。银芽鸡丝，可热炒，也可凉拌。银芽当主角的时候，炒香菜，炒韭菜，炒榨菜丝，炒海带丝或是炒甜椒丝，都很美。有时稍费点工，会做个虾仁银芽烘蛋。

银芽的麻烦是得掐头去尾，太费事，所幸现在市面上有卖去头尾、洗净的银芽真空包，最适合我这种忙人。

看韩剧时，发觉韩国人似乎热爱豆芽，他们饮酒过后喝的“解酒汤”，竟是黄豆芽汤。以前在自助餐厅吃饭，我们学生眼里的“洗锅汤”，不是没有肉的大骨头熬白萝卜或大黄瓜，便是黄豆芽卷心菜汤。黄豆芽汤到韩国竟成了解酒圣品？后来向韩国华侨同事问起，才知他们的黄豆芽汤是微辣的，韩国人认为这汤暖胃、开胃。去韩式餐厅吃石锅拌饭，无论主菜选的是牛肉、猪肉、鸡肉，还是章鱼、香菇，相同的是，一定都会搭配一大把的黄豆芽，感觉他们把豆芽当成了生命的起点、活力的来源。

对我来说，光是它长得像音符，就是一道浪漫的菜了。忽想起大学时有一个追过我的建筑系男孩管我叫“小豆芽”，大概是我走路老爱哼歌的缘故吧，那真是天宝遗事了。

“外籍新娘”

做便当的一大难题：绿叶菜大部分不耐蒸，而它们又是绝不可缺的。就有一位朋友告诉我，她痛恨卷心菜，因为小时候的便当天天都吃卷心菜！卷心菜做便当是不错，但天天吃谁受得了，便当里的蔬菜的选择的确大受限制。

花椰、茄子，豆类、菇类、笋类，只好轮来轮去，突来的惊喜，我在市场上发现了水莲，一束束卷起捆成小包，卖毛线似的。清洗时不禁好奇，这细长叶茎究竟有多长？恰好老公进门，我喊他拿卷尺来帮我量，哇，短则一百，长的有一百二十五厘米！

餐厅里吃到的水莲经常炒豆豉、树子、大蒜、麻油、肉丝等，各式各样。我自己最喜欢的是加一点姜丝、鲜菇片清炒，不要用太重的口味亵渎了“水莲”这样清新的名字。

小时候没见过这食物，二〇〇九年冬天，我参与水保局一项作家下乡驻村活动，来到高雄的美浓龙肚小区，第一次见到当地所称的“野莲”，后来在餐厅里遇见，名字变成了“水莲”。美浓还盛产美丽的白玉萝卜，等到十二月底，白玉萝卜收成后，有的田改种波斯菊，过年期间将开成一片花海；大部分的田地，则开始插秧，春耕，恢复为稻田，美浓是高雄最大的米仓。

我去的时候，“白玉萝卜季”已近尾声，接待的朋友告诉我，过年后农会将举办“野莲节”。当时野莲只有美浓地区生产，才刚开始推广。他说，二十世纪七十年代时，这种浮叶植物自生于美浓中正湖，有当地客家民众食用，觉得味美，慢慢传开。后来中正湖环境改变，野莲渐渐灭绝，有人将种源移至池塘中种植，竟成为美浓的地方名菜，而这个不知从何而来的浮叶族群也因此存留了下来。

我听到的关键词是——自生，简直如同神话。

另一个有关它的关键词是“外籍新娘”。

野莲长在水里，开着白白的小莲花，但其实它跟莲花不同科，它的学名是“龙骨瓣荇菜”，属于睡菜科荇菜属，是浮叶草本植物。这蔬菜高纤、清热解毒、杀菌消炎、止咳止泻，且以清水供养，没有农药，太令人神往了。

那时见到满池小白花，疑惑这菜怎么吃？

“现在开花，再一二十天就成熟了，吃它的茎部，野莲三个月一期。”同行友人指着正在水中清洗野莲的女子说，“美浓的野莲农业，外籍新娘占有一席之地，而这个行业也带给她们就业的机会。”

水生的野莲，采收下来，为了效率，整个整理工作是在水中进行的。而这样的工作，尤其是寒冬时，实在太冷太苦了，台湾本地的女性很少愿意从事。看着浸泡在水中的女子，朋友对我说：“她们都是吃苦耐劳的外籍新娘，美浓野莲的发展，她们功不可没。”时已入冬，几个年轻女子穿着青蛙装，坐在水中清洗，去叶，理出一束束长长的茎，犹如梳理一束束长发。那是她们的青春啊！

“百蔬之王”

年轻时有次聚餐，旁边一位不大熟的男士看我夹取面前的开阳白菜，阻止我：“女孩子少吃白菜，太冷。”我看他一眼，心想：“神经病！”太冷？那西瓜也不准吃，绿豆汤也不准喝，仙草、爱玉等一堆凉性食物统统都不能吃？（天哪！）我当然照吃不误，只觉这人啰唆，又不了解人家的体质，乱阻止。他一定觉得这女生不懂事，好心没好报。

有的食物性热，有的食物性寒，有的胆固醇高，有的怕有农药，我的歪理是，不如什么都吃，分摊风险！年纪愈大，愈常碰到这也不吃那也不吃的人，说他偏食还生气，人家是养生，我只觉得他们活得可怜，每天只能吃少量难吃的东西。对那些厌世的人，我常常第一个便想到：活着，你就能在春天吃到多汁的水蜜桃，夏天吃到甜美的玉荷包、爱文芒果，秋天吃到美丽的摆饰般的甜柿、细腻的麻豆文旦柚，冬天吃到硕大的椪柑、富士苹果……光想这些，人还不值得活吗？啊，更不要说那么费心做出的一道道料理、点心了。

还有一种人，只要知道是对身体有益的，便餐餐都吃，大量地吃，再难吃也吞得下去。我公公就是典型。他每阵子会热衷某种营养食材，比如西红柿、杂粮饭、山药。有阵子热衷胡萝卜，小兔子似的，早也胡萝卜，晚也胡萝卜，把皮肤都吃成橘色，把我婆婆吓坏了。不过我觉得这类人还比前一种人有意思，虽然过犹不及，但起码充满了生命力，我公公都八十六岁了，还能站着弯腰系鞋带呢。

回头说白菜，白菜无罪。怕寒？那么我们烹饪中常用的葱姜蒜辣椒都是做什么用的呢？何况除非真的感冒咳嗽，须避开太寒、太燥的食物，否则我总觉得天地间各种食物会自然形成某种平衡的。何况，随意翻书、上网，凡说到白菜，无不赞扬它的营养，甚至“疗效”，随手便可复制几大页，不备载；我只最喜欢其中反复被提及的这一句：“益胃生津，清热除烦。”但凡有一种食物能够“除烦”，说什么都要大口地吃啊！因此，我仍对那位阻止我的仁兄大嚼白菜。

近读食书，遇见一桩趣事。某位美食作家书里说：“袁枚在《随园食单》中，称白菜为百蔬之王，春韭秋菘并列，韭菜当无愧于百蔬之后。”我感到一头雾水，菘是大白菜，这我懂，但“夜雨剪春韭，新炊间黄粱”是人间最美的烟火意象，袁枚若以春韭秋菘并列，作者怎会推论说韭菜是“百蔬之后”？

书架上取来《随园食单》，里面提到“白菜”时说：“白菜炒食，或笋煨亦可，火腿片煨、鸡汤煨俱可。”啊，这个周末就来煨个鸡汤白菜吧。

至于韭，袁枚说它“荤物也。专用韭白加虾米炒之，便佳。或用鲜虾亦可，蟹亦可，肉亦可”。我照着炒炒虾米、肉丝就好，蟹就算了。可我一时真的翻不到“百蔬之王”“百蔬之后”这些说法。

这“百蔬之王”到底是谁说的呢？上网查了一下，有个说法是画家齐白石先生曾画有一幅大白菜图，上题：“牡丹为花之王，荔枝为果之先，独不论白菜为菜之王，何也？”原来齐老先生热爱白菜，为大家没有宣传白菜是蔬菜之王而打抱不平，于是白菜为“蔬菜之王”说法流传。我搜索了齐白石先生的白菜画，果真找到一幅有此题句的画。写意的大白菜，旁边还配了两颗小辣椒，是为了“驱寒”吗？

再说开阳白菜，这可能是我今生做过的第一道菜。好像还在上高中吧，有个暑假爸妈不在家，我自告奋勇要做饭，从冰箱里找出大白菜、吴郭鱼，又翻出虾米、葱姜等。把吴郭鱼抹点盐，加米酒，衬点姜丝、葱段放进电饭锅里蒸；虾米泡水后下锅爆香，丢进大白菜，加点水，煮软了，下盐，最后勾一点芡上桌。咦，两道菜出来，像模像样。大哥十分惊异：“你为什么会？”我也不知道为什么会，想一想，就该这么做啊。

我还记得，那天大哥也露了一手——煎豆腐。不过，冰箱里并没有豆腐。平日妈妈做菜时经常喊我："去老吴那里买个豆腐！""去老吴那里买瓶酱油！"老吴店里什么都有，就像现在的便利商店。大哥翻翻冰箱，理直气壮地喊我："妹，去老吴那里买五块钱豆腐！"反正我是全家人的传令兵，可今天我也要做菜呢，我故意问我的书呆子大哥："老吴是谁？"他愣了愣，笑着说："老吴——不就是老吴嘛！"他根本没上过菜市场！

在洛杉矶念书时，我第一次拿出来宴客唬人用的食单则是佛手白菜。大白菜一叶一叶细心剥开，只取叶梗，入锅烫软后放进凉水冷却，沥去水分，把叶梗从中间纵切几刀但不割断。另做肉馅，如同做狮子头一样，搓成一个个小肉丸，当然不必炸，裹进白菜梗里折成一个个菊花包摆盘，放进电饭锅里，加一杯水蒸熟，出锅后淋一大勺热鸡汤。这道菜端出来，像朵朵菊花，也像一个个小拳头，故名"佛手白菜"。其实做法不难，而且靠的是大同电饭锅，谈不上火候的拿捏，但外观好看，且"佛手"二字神圣，食客们肃然起敬，莫名其妙奠定了我在同学间的大厨地位。

佛手白菜虽然不难，但是费工，我平日最常做的则是白菜卤。一点薄肉片用盐、酒、太白粉腌一下，两三颗蛋打散，中火炸酥捞出备用。油锅爆香葱、蒜末，加肉片炒个几铲，再下大白菜片、木耳、胡萝卜片拌炒（冰箱若有用不完的鲜菇、玉米笋之类，我也丢进去凑热闹)，四杯高汤煮滚，转小火，放进蛋酥，用盐、糖、乌醋、少许酱油、白胡椒调味，续煮个几分钟，略收汁入味即成。蛋酥可以换成鳊鱼或炸豆包。有的食谱教人用蒸的，我不建议，白菜要煨，收点汁才好。

对我来说，大白菜真的是便当菜里的“百蔬之王”，因为再没有比它更耐蒸的蔬菜啦。

春色属芜菁

《村上收音机》第二册中有一篇《大芜菁》，说日本《今昔物语》里有个大芜菁的故事，讲的是少女吃了被男子“侵犯”的芜菁之后，怀孕生下了小孩。尽管怎么想都觉得无厘头，不过，我最关心的还是“芜菁”到底是什么？

芜菁其实就是大头菜。这名字比“大头菜”美丽得多，芜菁还有个名字也很美，叫“蔓菁”，像女孩子的名字。此外，《诗经》里称作葑，还有九英菘、芥蓝、擘蓝、茄连、玉蔓菁、合掌菜、诸葛菜等叫法。看来，古代对于植物的名称，常常混着叫，芥蓝明明是另一种栽培历史悠久的菜，而“玉蔓菁”也有人指为卷心菜，是不是古人也常有像我这种五谷不分的，他们随便说说，被记载在典籍里，就把我们搞糊涂了？

最使我感兴趣的是，它居然也叫做“诸葛菜”，以前听到的诸葛菜是二月蓝呀。那是一种开蓝花、紫花的野菜，在二月开花，也叫紫金草。季羡林有篇散文《二月兰》（他用的是“兰”字），说二月兰一“怒”，仿佛从土地深处吸来一股原始力量，一定要把花开遍大千世界，连宇宙都仿佛变成紫色。那种野菜，吃的是它的嫩梢；而大头菜，我们现在食用的是它的球根，据说全株都可吃的。也许只要是曾被诸葛亮下令采摘为军粮的菜，都会被叫做“诸葛菜”吧。

蔓菁、芜菁这样美丽的名字，注定要经常被写进诗词里。元稹有首可爱的《村花晚》①诗提到蔓菁，说暮春时节桃花李花谢了，小女孩争相采摘白色的棠梨花、黄色的蔓菁花，插上发鬓比美，真是活泼烂漫。

苏轼写芜菁，则以舒惬笔调的《忆江南》②咏赞，我最爱其中“春色属芜菁”一句。那诗一样是说桃李已谢的暮春景色，微雨过后，春耕开始，柘林深处传来斑鸠的咕咕啼鸣，芜菁花满大地，最是晚春好景！

父亲喜食芜菁，当然他是说大头菜，不会用这么文绉绉的名字。他的做法一概是加蒜、盐、醋、酱油、辣椒腌渍凉拌，就像餐厅里让人自取的小菜，滋味甜脆中带一点辛味。

---

① 《村花晚》：三春已暮桃李伤，棠梨花白蔓菁黄。村中女儿争摘将，插刺头鬓相夸张。（元稹）

② 《忆江南》：春已老，春服几时成。曲水浪低蕉叶稳，舞雩风软纻罗轻。酣咏乐升平。　微雨过，何处不催耕。百舌无言桃李尽，柘林深处鹁鸪鸣。春色属芜菁。（苏轼）

现在我做的菜都是要进便当盒的，凉拌当然不宜，但我一想到“春色属芜菁”这样的句子，这个春天，怎么能错过它呢？上市场买一颗色泽碧绿的大头菜，切片腌一下，与鲜香菇拌炒，这才是春色无边呢。小孩没吃过大头菜，问我这道菜叫什么名字？

“就叫‘春色属芜菁’吧。”

阿里山
Alishan
3
DL-30

第三章

▽

维也纳鸡排与丹麦炒饭

我们的上一代，念念不忘的是卤肉饭；到了我这一代，如我自己常怀念的是妈妈的竹笋粥、爸爸的大卤面；而我的孩子那一代，记忆里大概是满溢长辈宠爱之情的西餐吧，可以理解。

维也纳鸡排与丹麦炒饭

某日应网友的要求，在社交网路上发布了给小孩做的便当照片，并注明“豆苗虾仁＋维也纳鸡排”，便有网友问道：“维也纳鸡排？是什么？”其实根本是我乱写的，一见被问到，只好坦白：“乱叫的，就是把腌过的鸡腿肉加迷迭香、柠檬等香料煎得两面金黄！”

为什么是维也纳鸡排呢？不知道，当时脑袋里搜寻城市的名字，第一个跳上来的就是维也纳，那就维也纳了。我想，这是家传的命名法吧。

我念中学时，每天六点多就出门上学，学校早自习是七点半，但我们非常认真的导师要求我们七点以前就要到校，我便早早出门。爸爸常怀疑我兼差当工友，每天帮学校开校门，其实比我早到的同学多着呢。爸爸要从南港搭乘公交车去基隆造船厂上班，也得早早出门，他舍不得让我妈跟着早起，所以每天早上是他给我做早餐、带便当。

我当年真是一个难伺候的小孩，胃口不佳，中午便当经常吃不完。早餐倒是吃得热闹，我会问爸爸：“这是什么？”他便随口乱讲：“丹麦炒饭，新西兰蛋包，上海米粉汤……”所谓“新西兰蛋包”就是“双黄蛋”，后来我才知道爸爸在骗我，他只是把两颗蛋放在一起煎，哪有那么多双黄蛋。

爸爸比我勤劳多了，现在我为家人做早餐，只有在周末才会做蛋卷饼、松饼之类的，平日的早餐多半是吐司、蛋——主要看我买到什么花样的面包，一大早是不会去大动锅灶的。至于为什么是丹麦、新西兰、上海，没什么原因，他刚好想到这些国家或城市而已。这些名字，让食物有了异域风情，更让一早坐在餐桌前的我，有了辽远的想象。

那时我经常是班上的历史或地理小老师。记得有一天早自习地理小考，我把答案抄在黑板上，下课后值日生擦黑板时没擦干净，漏掉了角落的一行字。接下来的数学课上，老师解题时看到黑板上的字：鸡蛋、奶油、腌猪肉……一脸迷惑地说：“这是你们今天的早餐吗？”全班哈哈大笑。那是丹麦盛产的食物呀！

我这才想起来，爸爸的丹麦炒饭里，有蛋、猪肉丁……取这名字，会不会是他听见了我在房间里的朗朗书声呢？

正港手路菜

家家有本烧肉经，不会做红烧肉，几乎不能说是会做菜，即便吃素，也得会一道红烧豆腐。便当里的荤菜排行榜，第一名当属红烧菜系，红烧肉、红烧鱼、红烧狮子头等，放在便当里最是下饭。我做的红烧肉像模像样，小孩最欣赏，红烧肉便当照一放上网络，便有作家用闽南话来回应：“正港手路菜！”就是“地道手艺菜”的意思。

我想，在处理肉类上，“红烧”可能是中式菜肴与西式料理的一大分野，它的重点在于酱油的使用。酱油真是中国料理史上的重大发明。“台塑牛小排”不同于西餐里的牛小排，说穿了那就是中国式的红烧牛小排呀。

红烧的第一个诀窍，无论鱼、肉、豆腐，都必须先将其煸透。“煸”是热油煎炒之意。鱼要煎得表皮赤艳，豆腐要煎得金黄，这样不仅能锁住水分，烧煮时也不会支离破碎；而猪肉必选五花肉，要煸炒至接近微焦，把肥油煎出来，炖煮后才能肥而不腻。

第二个诀窍是“上色”。“红烧”指的便是以文火炖煮加入酱油、水及种种调料的食物。经过红烧的食物能呈现出红腴的色泽。鱼或肉煸炒后取出；锅留少许油，小火把葱姜炒香，放回鱼、肉等原料，先加酱油（也可调少许蚝油或酱油膏）、酒（米酒或绍兴黄酒）、冰糖、八角、白胡椒粉等，把原料炒出油亮的色泽后，再加水烧煮。我看过一些食谱教人把所有作料与水先拌好，一股脑儿同时放进锅中，少了“上色”的过程，烧出来的颜色不会漂亮。

第三个要诀在小火慢炖，把肉烧烂，让甘美浓汁渗进肌理。“慢着火、少着水，柴火罨[①]焰烟不起，待它自熟莫催它，火候足时它自美。”这是我的红烧肉老师苏东坡写在《炖肉歌》里的诀窍。

传说苏轼任徐州知州时，某年秋天，黄河决口，七十余日大水不退。苏轼率众齐心抗洪，洪水退去后的次年，他带领民众修筑堤坝，百姓铭感，纷纷杀猪宰羊送至州府，表达感谢。苏轼真是有创意的父母官，既然推辞不掉，他索性命人将这些猪肉加工制熟后再回赠百姓，时称“回赠肉”。据说这就是“东坡肉”的前身。

---

① 罨：yǎn，覆盖。

最后一个要诀是焖煮火候足了之后，急火收浓汤汁。整个过程，两头用旺火，中间用小火，这大火、小火，也就是传统所说的“武火”与“文火”。开始和完成，都要元气十足，轰轰烈烈；过程中却需要耐心。赶时间的话，快炒清烫都好，就是别做红烧菜。

文攻武吓

每日做菜，练习对手上的食材文攻武吓。

中国文化里的“文”“武”概念甚妙；复杂的概念，一个“文”字或一个“武”字便说完了，听者倒也自能领会。

古代君主有文德与武功，文治与武事；士人有文才和武艺。京戏里小生之外有武生，花旦之外有刀马旦，铜锤花脸之外有架子花脸，后者是会耍刀弄枪的角色；前者为文，后者为武，能够文武兼备的，那就是全才了。

做菜，说到底，就是在文、武之间的掌控拿捏，关键当然就是火。文火是小火，武火则是大而快的强火。每道菜，在文武之间产生诸多微妙变化，决定了它的滋味、它的口感。糯烂、爽脆、滑嫩、有劲、皮酥肉嫩，这一切都在炉火的文韬武略中成就。

俗语说：“要吃烂肉，别要恼着火头。”意思就是人要达到目的，就别得罪关键人物。这火头就是关键！

就说最寻常的红烧肉吧。切块的五花肉，得先在锅里中火油煎，煎到表面微焦，把肥油逼出来，肉煎到上色了先捞出来。大火爆香青蒜，再把肉块倒回锅内，加各式酱料中小火拌炒均匀，然后加水淹过肉，大火煮滚，盖上锅盖，转最小火，慢煮收汁。这当中，炉火时大时小，时文时武，经过多少变化！有时那变化，纯粹就是烹调中的“临场反应”，所以，做菜跟行医一样需要“临床”经验，否则也只是说得一口好菜。材料和做法，食谱上多有载明，但是火候的控制需要临机应变。

“烟火”一词，既代表了人家、人口集中，也代表了后代子嗣；国人是最食烟火的民族。现在有时老公夜归，我会问一句：“吃了没？”“要吃点东西吗？”然后炉子一热便可端出消夜。以前几乎不问这一句的，又不做饭，问了干吗呢？泡面吗？家中开伙之后，气氛有了微妙的变化，实在难以言说。

富贵人家种种吃食，常以文火炖焙见长，《红楼梦》里，贾宝玉爱吃的糟鹅掌、王熙凤说的茄鲞，都是费工慢火做出来的。有钱人家，多的是时间，就得这么文火细做，得见品味。

但我喜欢看市井的烟火，尤其喜欢看夜市里的厨师，用大锅大火快炒海鲜时的火气，热闹而生猛。

“飞刀镂切武火烹”，是宋代直言不阿的大臣沈与求的

《钱塘赋水母》诗里的句子。诗里这样描述水母的外表，“眼中水怪状莫名，出没沙嘴如浮罂。复如缁笠绝两缨，混沌七窍俱未形”，说它长得混沌，难以说清；等到“飞刀镂切武火烹”即大火快炒之后，又说它“花瓷饤饾粲白英，不殊冰盘堆水晶”。这犹如水晶一般的透明海产，应该就是现今食材里常见的海蜇。

我在“飞刀镂切武火烹”中体会到的那份快刀、大火的热闹，形容士林夜市再合适不过了！

韭菜合子

放寒假了，没见小孩做什么功课，整天不是练琴就是“练功”（读武侠小说）。

“都没有作业吗？”

“有啊，要你教我。”

这倒稀奇了，从他上中学以后就不屑我过问他的功课，尤其数理，他会直接说“你不会啦”。这回居然要我教他。

“家政作业，要我们做一道家乡菜。也可以做爸妈的爸爸妈妈的家乡菜。”

原来如此。我爸妈都不在了，福州菜我是不会做的；公公是山东人，那就做个面食吧。

我们很快完成决议，做“韭菜合子”。其实公公婆婆不久才回家。“早说的话，就让爷爷帮你把面团揉好了再回去。”我抱怨着。这下我们一家三口得自立自强。三人中唯一做过一次韭菜合子的是我老公，距今整整二十年！

在洛杉矶念书时，有一天，我忽然非常想吃韭菜合子。小时候，我家斜对门的邻居是山东人，会做很多饼食，爸妈跟他们学过这种吃食的制作方法。那一天我问当时的男友（即现在的老公）："你真的是山东人吗？那你做韭菜合子给我吃，证明一下。"他那时候在努力追我，所以特地打了越洋电话，问他爸爸韭菜合子的制作步骤，还就真的给我送来热腾腾、让人感动落泪的韭菜合子！

真的让人落泪，因为仅此一次啊！

"结婚以后，我再也没吃过你爸爸煮的任何东西啦！"我告诉儿子，"怎么做，估计他早就忘光了。"

这倒不难，我找出食谱，帮助老公恢复记忆。于是我们"东市买骏马，西市买鞍鞯"——先去超市采买一番。材料需要中筋面粉、韭菜、豆干、鸡蛋、粉丝（我们打算做清淡的素馅合子），还有，我们家连根擀面杖都没有。至于面团要放哪儿擀呢？小时候家里有一个长约一米的揉面板，这年头上哪儿去找！好在家里有一个原木转盘，直径四十厘米，可以凑合着用。

由小孩掌厨，我跟老公做技术指导，我管馅料，他管饼皮，两人还要轮流掌镜录像。我这边工作单纯，主要教他如何把作料剁碎而不把自己的手指头切下来。先泡粉丝、洗净韭菜、摊蛋皮，然后把所有作料剁成碎屑。调味时，我拿出茶匙比划说：“这是一茶匙，这是半茶匙。以平匙为准，不要尖起。现在放两茶匙盐，半茶匙麻油。搅拌。”香喷喷的馅料制作完成。

揉面团才是挑战。

“啊！太湿了，加面粉。”

“万一又太干呢？”

“再加水呀！”

孩子说：“这样加下去，我们会不会做出一整月的粮食？”

面团要不断地揉，这可需要力气。我忽然想起，图画书里揉面团的太太都是胖乎乎的，头上挽个发髻，一张和气的大圆脸，原来弱不禁风的人是真的揉不动面团呀。揉好面团，先用布盖起来静置二十分钟，刚刚揉好的面团比较紧，放一放会变得柔软，这一步骤有个有趣的名称——醒。难道面团是在盖着布睡觉吗？

布拿开，把面团叫醒，切小块后就要擀饼皮了。这饼皮要擀圆可不容易。父子俩发现我用转盘当擀面板的建议真是太英明了，本来要边擀边转动饼皮才能擀得圆，现在直接动转盘就行了。

擀出的饼皮，由我包馅料、捏合，顺便修整形状。大小不一的韭菜合子一个一个地诞生了。最后一个步骤，起油锅，指导儿子把一个个可爱的合子并排在平底锅里烘煎。

啊，我感动得要掉眼泪了。二十年后，我又吃到了韭菜合子，这回是儿子做给我吃的呢！

自从嫁出去以后

我小时候不吃牛肉，妈妈不让我吃，说是算命的说的。她的说法很可疑："吃了牛肉会嫁不出去。"谁怕谁呀？但可能是我潜意识里很想嫁出去，居然真的一直没吃。主要是诱惑不多，家里本来就很少煮牛肉，可能是太贵了，又不让我吃，妈妈也就几乎不买。周六半天课，放学后跟同学们在中华路一带晃荡，同学们点牛肉汤面，我就点阳春面，看那汤汁乌漆抹黑的，也没有特别的渴望。

工作后诱惑渐渐来了，去麦当劳，我只能点麦香鸡或麦香鱼；大家吃合菜时，我得避开牛肉。最扰动我心的一次，是离开前一家报社时同事为我送行，相约到一家昂贵的铁板烧餐厅吃套餐。席间有菲力牛排，我摇头说不吃牛肉，做东的主任则满脸遗憾地说："那只好把你这一份分给大家了！"大家听到后齐声称颂，我第一次感到不吃牛肉是件可惜的事。

结婚后我就开戒了，反正已经嫁出去啦！但大概是被制约久了，买菜时我还是会自动避开牛肉，只在餐厅里吃。过去十年，我们家几乎不开伙，偶尔来了兴致周末想在家吃，却因食材而伤脑筋，因为小家庭一餐的菜很难买，买多了就会浪费，于是多半选择牛排、虾、花椰、玉米笋这样的简单组合。有次大哥大嫂来，我以此招待，他们倒是十分欣赏。

我认为煎牛排的诀窍就是要选好牛肉，不要太薄，有点油花。先将牛排常温静置一段时间，不要腌，大火煎三十秒，翻面，翻个几次，感觉表面微酥即起锅，放瓷盘上，蘸点海盐、黑胡椒即可。儿子跟我都不喜欢杂七杂八、破坏原味的蘸料。

经常接触牛肉，是开始做便当之后。每周“主菜”吃肉两三次，牛、猪、鸡肉轮着做，几乎每个礼拜都会轮到一次。这才认真地面对牛肉这项食材。

牛肉是两极化的食材，要么大火快炒，炒得青春鲜嫩；要么文火慢炖，炖到天荒地老。

日常就以薄牛肉片，爆炒青葱、香根、洋葱或芥蓝。“爆”字是必须强调的，热油大火，要有劈里啪啦的音效环绕，实在是非常的劲爆。因为牛肉在锅里不宜久留，我会把调味料如酱油、酒、醋、麻油等事先调好备用；油入锅后，先放一小匙花椒粒小火炒香，捞出花椒后，爆香蒜片或葱段，调至大火下牛肉片，翻波卷浪般地炒三两下，八分熟时赶紧淋下酱汁。这是道最为烈火青春的菜。

滑蛋牛肉做起来则要温柔些，牛肉要腌一下，蛋加少许盐打散。肉片大火过油取出，放进蛋液里，再烧热几大匙油，倒下蛋液，铲子要像画圆圈一样搅动，蛋液八分熟即可出锅。

便当不宜带牛排，但切块后以小立方体出现的牛肉，还是会让孩子惊喜。我通常会把牛肉先以酱油、太白粉、蛋清腌制半小时，大火炸三十秒即取出。之后再炒杏鲍菇、甜椒、洋葱或花椰，有时只是简单加些葱屑、蒜末、盐、黑胡椒。

周末我才会做红烧牛腩、红酒炖牛肉之类耗费时间的菜。红酒炖牛肉前期工作拉得较长，切大块的牛肉，先要用红酒、百里香等作料腌制大半天。然后敷一层面粉入锅煎一下，锁住水分，取出。炒香蒜片、洋葱，再放入牛肉块，加入西芹、胡萝卜、西红柿、蘑菇，三四匙西红柿酱拌炒，再加一杯红酒、两杯高汤、两片月桂叶炖煮，开锅后转小火焖煮至烂，加少许盐、黑胡椒调味。

我在巴黎吃过的红酒炖牛肉最是难忘，至今还没找出最相似的味道。有时怀疑，问题不在香料而在红酒？有时怀疑，问题在场景？那是在零度左右的寒冬，在外行走的一家人愈感寒冷，于是躲进塞纳河畔的一家小馆子，桥的对岸正是巴黎圣母院。我们像法国人那样，吃了很久很久。聊了些什么呢？嘲笑老公盘里的牡蛎吗？（有一晚，老公的主餐点了生蚝。一整盘生蚝！虽然有一点配菜、酱料和柠檬，但主食的确只有生蚝。

数一数，一共九只。我故意以“头”为计量单位，对小孩说：“爸爸今天吃了九头牡蛎！”把小孩逗得咯咯直笑。后来每当老公吃生蚝时，我和小孩都会在一旁发出邪恶的怪笑：“九头牡蛎！”真是一对不可理喻的母子啊。）我只记得第二天，巴黎下雪了。

我的胃口其实更喜欢中国式的炖牛腩。把整块牛肋条放锅里煮半个小时，捞出切块，牛肉汤滤去杂质、浮油备用。热锅炒香大蒜、姜片，放牛肉块，加米酒、酱油、八角、糖拌炒，再倒入原锅牛肉汤，小火焖煮，至少需要一个小时，最后加入白萝卜再煮四十分钟。算算做这一道菜的时间，真得交付浮生半日。通常，我会把稿子或书拿到餐桌上，伴着八角洋溢出的市井烟气翻阅。一个下午，这边读读，那边望望。

从满是雾气的玻璃窗中看湖上独自觅食的白鹭，不免想，如果当年早早就吃了牛肉而嫁不掉，我又将过着什么样的人生呢？

第一次做主“买菜”

小儿幼时有本童话书《第一次上街买东西》，他很喜欢，一次次要我妈妈讲给他听，讲到主角小女孩跌一跤时，即使早有心理准备，他还是会“哎哟”一声说：“痛痛！”那书，总让我想起第一次上菜市场买的两条鱼。

应该是小学四五年级的时候，有个周末我住在阿姨家。快到晚饭时，阿姨想起我爱吃海鲜，但又走不开，就拿了一百块给我，要我去菜市场买点鱼回来。他们家人是肉食主义者，满冰箱都是肉，就是没有海鲜。能干的大表妹，不是帮忙厨事就是给妹妹洗澡，只得由二表妹陪我去菜市场买鱼。我看了几个卖鱼的摊位后，买回了两条金线鲢。

这么多人吃饭，只买两条扁扁的小鱼，阿姨一看便笑了，问我为什么选金线鲢？我毫不犹豫地回答：“很漂亮。”真的是与生俱来的外貌主义者。金线鲢的身上有一条条的金线，红色的尾鳍薄纱一般，很耀眼。阿姨笑说：“吃到嘴里不是都一样？”

其实那是我第一次自己做主买菜，在家里顶多帮忙跑腿，买个酱油、红糖什么的。走在一个黄昏下的市场，手里捏着钱，我紧张得不得了。大表妹习以为常的事，对我却是破天荒。

再一次自己做主买菜，已是十多年后，我在洛杉矶的时候了。

华人超市可以买到整条的鲈鱼，选定后请服务员帮忙杀好，加入保鲜冰块带回。但平常我们几乎不会去买“整条”的鱼，方便起见，多半是买常见的切片鳕鱼、鲑鱼、鲷鱼之类，这一点很像“洋人”。

于是，回到台湾的头几年，我自己做菜时，便迷恋“完整”的鱼。尤其喜爱干煎，小黄鱼、鲳鱼，煎得金黄微酥。即使红烧，也要经过类似的步骤，这样鱼的皮、肉吃来才有层次。

煎鱼这件事倒让我想到关于“教育理念”的一则故事。

某人小时候在家吃到的鱼，永远是去头去尾的，所以当她长大结婚、开始掌厨之后，煎鱼时也自然而然模仿母亲把鱼的头、尾切掉。她老公觉得疑惑：“鱼头也很好吃啊，你为什么不煎条完整的鱼？”她说：“鱼头不必切吗？我妈煎鱼都会切掉头尾的呀！”于是她回家问妈妈，妈妈不假思索地回答：“没有什么特别的原因，只是因为我们家锅子太小，只好把头尾切掉才摆得下。”

这种故事我一听就觉得不可信。连一条普通大小的鱼都装不下的锅子，炒菜也应该很困难吧。不过，别管其真实与否，励志专家借这则小故事是要告诉我们，人常常不知不觉地自我设限，就像故事中的主角，自动把鱼切掉头尾，只因为从小看妈妈这么做；其实每个人都有无穷的潜力，只是你还没尝试就划地自限，先切掉了自己的头、尾。

我从中悟出了另一个道理——做父母的不要对孩子干预过度。

如何把鱼煎得完整、不破皮，专家们给出了许多小妙招。有说先用生姜涂抹热锅底；有说在热油中放少许白糖；有说鱼下锅前先抹点面粉、地瓜粉或蛋液；最简单的说法是选一口“不粘锅”。我想，鱼要煎得漂亮，最重要的是控制火候。

煎鱼时，锅要热，热油下鱼，先大火煎一分钟，转中火，至少煎三分钟；若是厚实的大鱼，还要再久一点；然后翻面，一样大火煎一分钟，再转中小火，煎两三分钟。这时，如果觉得鱼身表面色泽不够赤艳，可谨慎翻回再煎一下。在这个过程之中，不要频频翻动、试探。在它表皮尚未坚硬时，一去动它，必定破皮、黏锅，多动几次，便皮开肉绽，惨不忍睹。这跟对待孩子是一样的道理，干预过度，有时比不管还糟。

我想起儿子小时候，带他去音乐班学习节奏。一群三四岁的小朋友玩各种打击乐器，每个孩子天生的音感、节奏感不同，学习的效率也不尽相同。老师怕家长们在旁边啰唆，通常把大家关在门外。那扇木门，中间有块透明玻璃，许多父母便挤在那块玻璃前张望，看自己的孩子表现得好不好、专不专心、听不听话。那时我通常带上书或稿子，坐在一旁写自己的东西。时间一到，老师自然会开门让家长进去看孩子的表演，大家到底在紧张什么呢？

我煎鱼时，通常会设定时器，这中间可去准备下一道菜，不要老盯着锅里的鱼看，不会烧焦的，即使烧焦了，你的鼻子也会先闻。只要耳朵没聋，定时器自会告诉你，时间到了，提醒你该翻面，还是该起锅。

花枝乱颤

这个“花枝”，说的是美人，韦庄在《菩萨蛮》中写“此度见花枝，白头誓不归”，那是他对江南温柔乡的眷念。花枝招展，说的是打扮得婀娜多姿的女人。在我眼里，海里的花枝[①]也是婀娜多姿的，偏偏不是人人都能认同。

作家简媜就不爱小管、鱿鱼、花枝类的食物，第一个原因竟是因为它们长得丑。她说：“依我的偏见，海洋里所有列名在人类菜单中，以‘头足纲’亲族长得最丑……”虽说美丑见仁见智，但我还是觉得它们冤枉，真的不丑。

先不论它们置身餐盘里的模样。我曾在海洋馆里静静地观察过，它们身上舞动着的半透明的膜，仿佛美丽的白纱舞衣。它们游动时的姿态最是悠然，虽有触须，却只是缓缓舞动，像

① 花枝，以及本节中所提到的小管、中卷等，指乌贼、鱿鱼一类的海产品。

海葵般伸展，极少做出张牙舞爪的样子。它们给人的印象是沉静的，比例突出的头部，似乎注满了智慧。难怪在《彩虹鱼》等童话故事里，扮演长老、智者的是头足纲的章鱼。

在生物学上，它们跟贝类同属软体动物门，不同的是，它们没有硬壳，却在体内进化出墨囊，遇敌时喷墨逃跑，这不算过分吧？具说花枝善逃，在海里没什么天敌——最大的天敌是海豚——其实怎么算，它的天敌都是人类。因为这一支头足纲队伍，下锅后均是美味。

小时候，花枝还给我一种富足感。我喜欢爸爸做的大卤面。外头的大卤面，作料几乎都是肉丝、香菇、木耳、豆腐、蛋等，爸爸做的大卤面里还有花枝。多了花枝，便觉得这面很不寻常。

韧劲、弹牙这类被美食节目用俗用滥的词汇，正是花枝与生俱来的优点。我喜欢花枝更甚于小管、中卷，正是因为它的柔软度，而雪白的颜色也给了我好感。所以我喜欢的花枝做法，常以不改颜色为先。虽说用塔香、三杯、沙茶、XO酱等爆炒的花枝，可口下饭，但我还是最喜欢清炒，保持它的原色原味。

清炒简单，配料却多变。花枝可独立担纲主角，若与干贝、虾仁合作，便可称为海鲜大餐；也可佐以木耳、菇类、节瓜、小黄瓜、胡萝卜、洋葱、青椒、甜椒、银杏、西芹、笋片等，冰箱里有什么配什么。花枝先过油盛起，葱、姜、蒜、辣椒片打底爆香，加入配菜拌炒后，再放花枝，边炒边下调味料。调什么味？盐、糖、香油、米酒、白胡椒是基础做法；我还喜欢加入一杯热高汤，用地瓜粉水勾芡，起锅前放两匙醋，有夜市生炒花枝的生猛感。

无论花枝原形是美是丑，下锅前皆被美容塑身。表面刻上阡陌，术语称“切花刀”，然后切片，下锅遇热后，它自然卷曲露出成排白色小格子、小牙齿，这是它最常出现在餐盘里的模样。体形苗条瘦长的花枝可切成圈，炒出一盘白嫩可爱的发圈。有时想见更清爽的画面，就把它切成细条，与四季豆结伴，点缀一两片红辣椒，加少许清水或高汤，炒出来悦目爽口。

小管还可以改造成“菊花”。把小管去除头、尾，当然不是扔掉，可以另外炒一小盘三杯小卷。只使用圆柱形的身体，剥除灰黑的薄膜，切成四厘米长的圆圈，由上纵切三厘米，不要切断，一放进滚水中，马上就缩成一朵朵白色的小菊花。另外切几片胡萝卜、节瓜或小黄瓜，将圆片烫熟，摆上盘子作为衬底，把小菊花一朵朵放上去，再撒点柠檬椒盐，或是蘸着酱油膏吃。小孩跟我说，什么都不蘸也很好吃。

虾说

去新加坡演讲时，每个见到我的新朋友，一定问一句："以前来过新加坡吗？"

"来过来过，一家人来旅游，还来了两次。"

"那么喜欢新加坡啊？"

我不好意思说让我们一家念念不忘的，是新加坡的巨无霸虾子！

跟大家混熟以后，我就忍不住描述以前每次来都要造访的小贩中心，那儿距离乌节路不远，在一个天桥下面，有各式海鲜……他们一听，说："牛顿区！不会错！"于是安排我旧地重游。

我一见到琳琅满目的海鲜小店，马上热血沸腾。就是它！那个"虎虾"，个头实在太壮观啦！其他魟鱼、螃蟹、龙虾便不必说了。有趣的是，每两个海鲜摊，中间必夹有一个冷饮摊，让食客吃了冒火餐之后，马上消火。

我在基隆长大，一家人都嗜吃海鲜，有时爸妈蒸一大锅螃蟹，全家围着啃螃蟹。我喜食蟹螯，家人也都让我，一堆蟹螯丢我碗里，我有耐心把它们嗑得干干净净。有一回，某人在晶华酒店的柏丽厅请客。席间侍者推车送来一笼刚蒸好的螃蟹，每人分取一只。那螃蟹不大，却是壳薄多肉，极鲜美。我正打算好好对付那对可爱的小钳子，却看在座每位先生女士秀秀气气以筷子夹出几口白玉般的蟹肉入口，便放下了整只蟹任由侍者收走。这叫吃蟹吗？犹豫了一下，我仍处变不惊，一只脚一只脚地把那蟹吃净。我至少得对得起舍身的螃蟹呀！

有回看牙医，医师检查我的牙齿后先是说："常喝咖啡、茶吧。"接着又说："你喜欢啃坚硬的食物，像是鸡翅、螃蟹对不对？"我想，天啊，这牙医会算命！他说："这些都记录在你的牙齿上。"

螃蟹不适合平日的便当菜，而虾子进饭盒的可能性则高了许多。儿子爱吃虾，虾也是很有营养的。很幸运，我们一家人都不对海鲜过敏。孩子五天的便当里，一荤一素一蛋或豆腐是主要结构。而荤菜中，多半一天肉类一天海鲜；海鲜类中，则是鱼、虾、贝类间隔着做，于是每个礼拜总会做上一次虾。

虾子做便当菜，所有带头、带壳的做法都不宜，整只的虾不但体积庞大占据空间，而且吃起来耽误工夫，还弄得满手油腻，孩子需要休息的时间，因此只能在虾仁上玩花样。

滑蛋虾仁是一定要会的。我的做法是将虾仁用一点蛋清、盐、太白粉腌过，起油锅，先下葱花炒香，两大匙水、一大匙米酒煮沸，下虾仁炒至变色，加点盐、少许芡水，最后再加入蛋液，七分熟就关火，余热可把蛋烘熟而保持滑嫩。

想吃清爽一点的，可用虾仁炒豆苗、丝瓜、芦笋、甜豆或白菜梗，都是清鲜可口的菜；有时想做比较下饭的菜，炒XO酱是最简单的。

我曾尝试加入柚子胡椒酱炒制，酱汁如下：一茶匙柚子胡椒酱，少许盐、糖，米酒一大匙，水一大匙，太白粉半茶匙。虾仁一样用盐、蛋清、太白粉腌一下，大火把虾仁炒至蜷缩成球，先捞起，爆香葱、姜、甜椒，然后放回虾仁，一边加入事先调好的酱汁，迅速拌匀便可起锅。市面上许多葱爆虾球使用的是沙茶酱，我觉得吃起来口味混浊，不如柚子胡椒辛香明亮。

想让虾仁“蜷缩成球”，需将去壳、挑去泥肠的虾仁，从背部纵剖一刀，这样它遇热后自然会卷成漂亮的球状。球形的虾子看上去胖墩墩的，十分可爱。

今天不做便当

兰花虾

一家人都嗜吃虾，但进便当的虾，只能是柔软的虾仁。以前大哥还住德国时就曾说过，他们一定得带孩子去水族馆看虾，免得小孩以为虾子天生就长成虾仁的模样。

说真的，虾仁固然方便，但还是不如带壳的虾清鲜。周末不做便当时，会去海边吃活虾料理——我无法处理活物，心理上过不去，因此只能做便当厨娘，绝没有当大厨的架势。

有时去富基渔港、龟吼渔港、澳底海边吃活虾，我喜欢点烧酒或枸杞清蒸虾。有时去吃泰国活虾，胡椒虾、柠檬虾是我的大爱。那些店的柜台上常有一种古早味的小糖果，像小西瓜似的，放在玻璃罐里让顾客自由夹取。老公付账时，我和儿子就忙着捞糖果。我对儿子说起小时候之所以很喜欢陪哥哥去理发，就是因为理发师父会给我这种糖果。

我笑着说："一定是因为我从小就可爱。"

儿子不屑地说：“我看是怕你哭闹吵人吧。”

有时去市场买来特大明虾做盐烤虾；有时做个盐酥虾；有时炸个只留着虾尾的兰花虾。兰花虾可选用明虾或个头较大的草虾，剥壳后把身体直切三刀，虾尾带壳不切开，然后腌一下。腌料用姜汁酒，把生姜压出点汁泡在米酒里，加点盐、太白粉即可。

打一个鸡蛋，加少许太白粉，拌成稀薄的蛋粉糊；油温达到十成热，转中火，把虾身三瓣分开，裹蛋粉糊，虾身前端蘸少许黑芝麻，入油炸透，这就是兰花虾了。盛盘时，盘底铺上几叶薄荷或生菜，看上去会更像兰花。

清蒸龙虾

某个星期天，不必带便当。大小两个“宅男”忽然都想吃龙虾，又不想去海边吹冷风，以为我变不出来吗？龙虾有什么难！

虾兵蟹将中外貌最伟岸的龙虾，偏偏味极美，仿佛为人的口腹之欲而生，那一身盔胄铠甲对人类毫无用武之地，想想真是悲凉。整治龙虾不外清蒸、椒盐、蒜茸、焗烤、沙拉几种。沙拉是冷盘，冬日不宜；我们一家偏好不抢原味的清蒸。

活龙虾我是不敢碰的，最好连头也不要看到，就到市场购得两只急冻处理的尼加拉瓜小蜜蜂龙虾尾。其实不是“虾尾”，只是没有头而已，老外做的龙虾是绝不会出现头的。这正合我意，龙虾的头长得实在太像想象中的龙了，我这属龙的人很难面对。儿子小的时候，我陪他读《西游记》，读到孙悟空向鹰愁涧的小白龙叫战“泼泥鳅，还我马来”时，他乐得不停地喊我：“泼泥鳅！”啊，那时光！

龙虾尾解冻刷洗后，剪开腹部的壳，把肉小心取出，切成若干块，不要弄乱，加点酒，腌十分钟，再一块块拼好塞回壳里，准备装盘。盘底码一层嫩豆腐，上头放一把切段的葱、姜。码好龙虾后，整盘放进电饭锅，外放四分之三杯的水蒸制。

等待的时间可以将嫩姜丝、葱丝、辣椒丝切好备用。再用蚝油、酱油、糖、水、白胡椒调配酱汁。龙虾蒸熟后，舍弃蒸烂的葱姜，将新切好的姜葱辣椒丝天女散花般地撒下；取锅热油，当头浇下；另用小锅把调好的酱汁煮开，对着龙虾普降甘霖。啊，热腾腾的清蒸龙虾上桌了！

今天吃西餐

暮春时与几位作家结伴去花莲，参加交流活动。那是周五，我们搭太鲁阁号火车。同行作家问我："还做便当吗？"

"当然啊！"

"说说看，今天的便当是什么？"

"噢，今天我给他带了椒盐牛小排、蒜炒绿白花椰、荷包蛋、烤马铃薯。"

"便当还可以带这种东西？"

"当然可以啊。"

"吃太好了！"

便当也可以带西餐。我自己是中国胃，但孩子却爱吃西餐，有时候就换换口味，总不能天天红烧鱼、家常豆腐吧。

其实西餐比中国菜简单，比如椒盐牛小排。牛小排切成小块，先用蛋清、少许酱油、太白粉腌几分钟，入热油大火炸一下迅速捞出。小火爆香大把葱屑、蒜末，倒回牛小排，撒盐、黑胡椒快炒即成。这有点像铁板烧的做法。蒸热后再吃，当然比不上现吃，但也不会太糟。重点是可以转换打开便当盒盖的视觉和心情，西餐对于孩子来说，往往带着欢乐的童年记忆。

我们的上一代，念念不忘的是卤肉饭；到了我这一代，如我自己常怀念的是妈妈的竹笋粥、爸爸的大卤面；而我的孩子那一代，记忆里大概是满溢长辈宠爱之情的西餐吧，可以理解。

于是我尝试做更多看起来像西餐的菜。

如白酱圆鳕。蒸熟的马铃薯和鲜奶拌匀做成白酱，绿花椰要川烫一下，用橄榄油把圆鳕两面煎至微酥盛起，放入洋葱、蘑菇炒香，再放回圆鳕，加入高汤淹过食材，煮滚后加入绿花椰，小火烧一下，最后倒入白酱煮匀，撒上黑胡椒。

黑胡椒猪肋排。猪肋排切小段，先用米酒、酱油、蚝油、葱姜末、黑胡椒腌二十分钟，放入电饭锅，旁边摆一些配菜，胡萝卜、马铃薯、玉米笋、四季豆、蘑菇等，耐蒸的都可以放在肋排旁边，外锅加两杯水，开关跳起即熟。这一道菜很适合便当，不怕重复蒸。

还有意大利面。诗人陈育虹教我一种做法是先将绞肉炒熟，放进切大块的西红柿，撒些香菜，中小火炒到西红柿软烂，倒入市售的茄汁意大利面酱煮匀，再拌通心面即成。若是炒些虾仁、干贝、花枝拌在一起，代替绞肉，那就成了茄汁海鲜意大利面。

也做白酒海鲜意大利面。橄榄油把蒜末、洋葱末炒到金黄，加白酒、一点面汤，放入蛤蜊，加盖焖煮，等蛤蜊开壳了，先捞出来，锅中加一勺橄榄油，放入煮熟的通心面和其他海鲜搅拌，煮熟后放回蛤蜊，撒些香料——九层塔、罗勒或是黑胡椒。坦白说，我每次所加的香料并不固定，经常更换，如迷迭香、柠檬香草等，胡乱在架子上拿来撒一点。老外吃的东西，特色不就在这些瓶瓶罐罐的香料上吗?

记得在德国的那段时间，我常常陪哥哥嫂嫂去买面包，起初并不知道他们在挑什么，那些面包看起来长得都一样，圆圆硬硬的样子，很有嚼劲；后来才知道，表皮上的香料决定了它们的不同。

有人要问，盐呢？其实，我在煮面时就加在汤里了，同时加一勺橄榄油，煮十分钟左右，不要煮得太软烂。至于面，我买了各式各样的通心面，条状的、蝴蝶结的、贝壳的、圆柱形的……最好小孩每次打开便当，形状都不一样！

英米文学辞典
文学遺跡辞典

第四章

▽

便当之三国演义

“三”者为多，怕菜单调，经常要配个三色蔬。
海鲜要三鲜，红烧肉，也非“三层肉”不可。
我做便当，三道菜为大原则。
为我热爱三国历史的小孩，我在厨房里水掠火攻、神谋妙策，进行着一日日的便当演义。

香料

做菜时最能增添“游戏效果”的东西，便是香料。瓶瓶罐罐，这个加一勺，那瓶撒一把，真像小时候的家家酒。逛超市时，通常跟老公两人进卖场后各走各的，我买菜，他去访视他永远看不腻的电器、计算机、通讯器材。我们有个默契，结账前也不必打手机，卖场里吵闹，常常听不见，最后便在香料区会合，因为即便已经买完了，我还是可以把那些瓶瓶罐罐一一拿下来，像欣赏化妆品似地嗅闻，阅读它们的用途、产地。

中国式香料，最常用在卤味，八角、陈皮、花椒与糖、酱油、酒、水调配。做留学生时，没事卤一大锅分好几餐吃，室友都很喜欢。还有茶叶蛋，我自己习惯不用市面上的茶叶蛋卤包，怕味道太重，喧宾夺主弄得像卤蛋，我多半只用几颗八角和茶叶装在纱布包里，少许盐、糖、酱油，小火煮即可。但要用好茶叶，据说有人用日月潭十八号红茶（红玉），我则偏好高山乌龙。茶叶在这里，也算香料。

八角即大茴香，这香料我从小便认得。它常混迹瓜子之中，通常不会是整颗八角，而是剥落的一两枚，那剥落的一角，扁扁的皂荚子似地，嗑瓜子的时候，曾不小心误当瓜子丢进嘴里，苦苦的强烈怪味，小孩子可受不了。大人笑说那是八角，不能吃啊，我吐出来一瞧，明明是五角形嘛！长大做菜了以后才搞清楚，在瓜子堆中看到略近五角形的“八角”，只是大颗八角的一小瓣而已，完整的八角像星星，像一朵花。

花椒是小圆球，加入卤味、烧烤甚至蒸物，用途甚广。还有豆蔻，既可搭配前述卤味，也可做汤、做白酱，市面有磨好的豆蔻粉很方便。豆蔻是直径一二厘米的小扁球，不过大家对豆蔻的印象，多来自杜牧的《赠别》诗“豆蔻梢头二月初”，诗赠一位十三岁左右的少女。这借以形容十三四岁“豆蔻年华”的，不是那结成果的小扁球，而是二月初枝头含苞待放的花蕾。豆蔻花到底长什么样啊？我上网搜寻，发觉种类繁多，大部分是穗状的，有红有白，杜牧诗中以珠帘相比拟，可见正是成串穗状的。

白胡椒在中式菜肴里用途广泛，无论熏、卤、炸、炒，一点白胡椒就能提味。黑胡椒则好像生来就比较“洋”。西式的焗烤、牛排不必说了，即使是最简单的葱花蛋，加点米酒、盐、白胡椒调味，煎出来的蛋很中式；一旦换成黑胡椒，便觉得是西化口味了。

西式香料变化多得让人眼花缭乱，站在那些调味架前，会误以为自己是香水师。迷迭香气味浓烈，常用来香烤食物。有时在美容院里护发，被推荐含有迷迭香的精油，说是能促进生发、改善头皮问题，我觉得恐怖，仿佛头上顶一盘烤鸡。

月桂叶椭圆，清香微苦，泰式料理中常见。古希腊人编织献给运动员的花环、献给诗人的“桂冠”，用的便是月桂树的小枝。我也会买一罐月桂叶，偶尔用来熬汤或是炖鱼。

百里香叶子细小，中国古称麝香草。那可爱的小叶子，传说是倾城倾国的美女海伦，在特洛伊灭亡、帕里斯战死之际，潸然落下的眼泪。我只知道它的香气清新温和，像柠檬一样适合用来去腥，柠檬百里香烤鸡翅，好吃得能让饿肚子的人潸然落泪。

孜然感觉好像是近年才流行起来的香料，在餐厅里吃到孜然，多半跟烧烤有关，但我喜欢拿孜然干煸杏鲍菇。小火用橄榄油把杏鲍菇煎黄，加点蒜末续炒，最后撒上胡椒盐和孜然粉炒匀，儿子非常喜欢。做意大利面时，也可把这道孜然杏鲍菇铺在上面，肯定是餐厅里吃不到的。

柠檬香茅适合泰式料理或上锅食物，有时拿来处理海鲜，有异国情调。最有异国情调的咖喱，反而是现在家庭常备的香料。市面上许多调配好的咖喱配方多半为日式，但我总觉得太甜，还是喜欢自己调味，而且偏好辛味较重的印度咖喱粉，添加孜然粉或是几匙椰奶，会是完全不一样的效果。

有一回陪公婆逛超市，看见我拿起一罐柠檬百里香，婆婆困惑地说：“我都不晓得这些要怎么用，我煮菜只会加盐、糖、酱油而已。”我笑着放回去：“只是看看好玩啦。”其实那柠檬百里香我架子上已经有一罐了，要等那罐用完再换个新牌子的，我得做好多个便当啊！

“东方神草”与“四物面”

枸杞与红枣，对我而言亲切得就像盐、糖、酱、醋，我没把它们当补品，冰箱里经常存放着。炒卷心菜撒一把枸杞，炖鸡汤时放几颗红枣，喜欢它们的甜味，喜欢那艳红色泽，如果还能顺带补补身子，那就是连带福利了。

枸杞明目，红枣不仅滋补还可把身体里多余的胆固醇转化为胆汁酸，两者都美容养颜，有益健康。有回在台北书院，我拿起桌上的大红枣，吃得津津有味，诗人管管说，每天早上吃几颗，保管身体好。真的？我又贪嘴再拿一颗。

枸杞就更神奇了。听过一个故事，说盛唐时，丝绸之路上的客栈人来人往，忽闻一年轻女子厉声斥责一位老汉，便有西域商人上前主持公道：“你对待老者怎如此无礼？”女子说道：“我教训我的孙子，干你何事？”众闻者莫不惊讶。原来这女子已经两百多岁，而那老人也已是九旬之人了。女子正为她这孙子不肯服用草药以致“未老先衰”而严加训斥。西域商人大感好奇，忙请教究竟是什么草药如此神奇，就是枸杞！原来他们族人四季服用枸杞，各个长寿。据说枸杞就这样传入中东和西方，还被誉为“东方神草”。

我并不很懂养生，真的只是喜爱枸杞、红枣的滋味，过年最爱的零食便是南枣核桃糕。枸杞、红枣可与山药、莲子、银耳、紫米、桂圆等养生食材搭配，无论味道、功效都能相辅相成，真是天生的好学生。

我常炖南瓜银耳红枣汤。银耳泡软，或买发泡好的银耳，南瓜切小块，加上洗净去核的红枣，小火炖二十分钟，加十几颗冰糖，再煮十五分钟。冬天趁热吃，夏天可冰镇后食用。这是我们家最常吃的养生甜汤了。

枸杞与酒蒸虾最好，可惜连壳的虾不适合带便当，我常做的是枸杞蒸蛋。两颗蛋约用三百升的高汤，拌匀，加十几粒枸杞，也可再加点香菇丁，少许盐，进电饭锅后加一杯水蒸熟。小孩的口味跟我近似，也喜欢枸杞的香味，我常笑他的味觉是个老灵魂。

其实我家并不懂得食补这一套。倒是我阿姨，过继给做过总铺师的人家做女儿，懂得吃。我留学时，阿姨便准备了一大包四物[①]，用密封袋分成若干小包，要我每个月自己炖排骨或

① 四物，当地指用当归、川芎、肉桂、熟地黄（或生地黄）四味中药组成的方药，主要用于补血、养血。

鸡腿吃。那四物我放冰箱里，有一搭没一搭地吃，有点怕中药味，常自作聪明放几粒红枣，增添点甜味才敢吃。

留学的第一年，两男两女四个室友合住，多半我掌厨。可能个性大而化之，我家厨房常是附近同学翻找消夜之地。有一晚我在学校用计算机夜归，那些平日吃我的、喝我的家伙们为了表示感恩，打算煮一锅香喷喷的面迎接我。

那晚我刚一进门，就有人通报："这次 M 掌厨，煮了一锅十全大补面。"怎么会有这种东西？我鼻子一嗅，猜出个七八分，再到那锅前一瞄，唉，这些男生，从冰箱里翻出阿姨给我的四物，熬了鸡，还加了面。（什么组合哟！）我定定地说："那是四物。"几个已经吃起来的男生惶恐莫名，有人尖着嗓子拿起电话，说要问他妈："我吃了四物面，会不会怎样？"

我是真的饿了，说："统统可以补，吃了不会怎样啦！"率先拿起筷子去捞，突然发现有一块白白的东西，那绝不是四物。我夹起来端详，终于明白，问他们："你们把鸡丢下去，不会先把吸水垫拿掉吗？"（天哪！那只鸡有洗吗？）

于是有人冲到旁边捶打墙壁，有人气得要把 M 的头按到水槽里……噢！一说到补品，就想起我的那些兄弟们，大家都好吗？吃了那锅"四物面"，更温柔婉约了吧？

九层塔的报恩

没胃口的时候怎么办？三杯！三杯！三杯一出，马上胃口全开。不只是三杯鸡，三杯中卷、三杯透抽[①]、三杯鱼块、三杯豆腐、三杯茭白笋、三杯杏鲍菇……就爱三杯。

我娘家吃得清淡，尤其因为爸爸有肾脏病，少油少盐的饮食，我们很早就习惯了。口味太重的食物，我多半不喜，却是对“三杯”情有独钟，觉得这一味特别的豪爽，特别有大口喝酒、大口吃肉的武侠味。

一直以为三杯鸡是客家菜。蒜头、姜片炒香后，加入鸡块煎透，麻油、米酒、酱油各三杯，小火煨至汤汁收干了，放大把九层塔，那香气真是勾人。当然每个人做法略有不同，“三杯”只是个比例，我通常各放三大匙便够了，且麻油会

① 透抽与中卷是乌贼、鱿鱼一类海产品的别称。

先炒过。

查资料才发现，“三杯”做法其实源自江西，还跟名臣文天祥有关。传说一名江西狱卒，内心尊敬文天祥，但狱中能得到最好的食物也只有鸡了，他便用甜酒酿、猪油、酱油各一杯，炖鸡块给文天祥食用，后来流传为一道重要的赣菜。我不曾照这做法做过，光是想到“猪油”就算了，更何况那做法里没有九层塔，九层塔是关键呀。

喜欢三杯，其实更大的原因是喜欢九层塔的味道。有时市场买了一小盒九层塔回来，一次用不完，多放两天便坏了，接着便会动脑筋，想想还有什么菜用得上九层塔？总之要尽量把九层塔用完，不忍糟蹋。比如九层塔烘蛋，把九层塔剁碎用少许油炒香，加入搅拌好的蛋液中，少许盐、一大匙米酒、两大匙水，再下锅中火烘煎。

再比如塔香茄子。茄子切滚刀块，先用盐水泡一下，过油炸到微软，捞起沥油；锅留少许油，炒香葱、辣椒末，加入茄子段，中大火快炒一下，加入酱油一大匙、酱油膏一小匙，糖、盐少许，高汤小半碗，小火煮软，炝一大匙米酒后，撒上九层塔立即盖上锅盖、关火，闷两分钟起锅。

一度有谣言说九层塔含致癌物，对我而言，真的是恐慌，太喜欢它的香气了。当然，那是谣言，已有更多的科学研究证实它非但不致癌，还能抗氧化、防癌、抗病毒。

婆婆知道我喜欢九层塔，有一次回婆家，她给了我一大盆。我摇头不敢拿。“你做菜可以摘啊。”“我怕被我养死掉。”我不是绿手指，常常把植物养死，花店买的也就算了，婆婆给的，总觉得责任重大。大姑笑着说：“哎呀，死了就死了，不就是九层塔嘛。”

我抱回来，很努力照顾它，虽然脑海里荡漾的是种种“三杯”的味道。“我要把你养得茂茂盛盛。”每天对它唱歌，舍不得摘它，一日复一日……

它果然被我养死了！“我终于失去了你——”我对它唱挽歌。细看那些可怜的枯枝败叶，没来得及摘它做三杯蘑菇，咦，它的身旁竟长出两颗小蘑菇。这是九层塔的报恩吗？

流泪是必要的

看这标题就知道我要说的是洋葱，其实不只洋葱，葱、韭菜、大蒜、蒜苗、红葱头都会使我流泪，而最常让我眼泪汪汪的是葱，几乎每天都会用到。

村上春树开过爵士吃茶店，店里供应一种卷心菜卷要用到碎洋葱。开店那七年，他每天早上必须切一袋子的碎洋葱，如此他练就切洋葱不流泪的本事。他的秘诀是什么呢？他说："就是要在流泪之前赶快切完哪！"我想，他除了练出奇快无比的切菜身手之外，应该也练出了眼角膜对洋葱组织释放的那种刺激性物质的忍耐力吧。

偏偏我这两样都很糟，我是个整天磕磕碰碰，连翻个文件都会被订书针扎流血的人，所以即便天天做菜，刀法也还利落，却总是提醒自己"慢慢来"。无论如何绝不催促自己快速剁菜。而我的泪腺之发达，大概要一万字才能尽述，总之，手再快，快不过我的泪腺反应。

洋葱未必天天切，且大部分的做法是切块或切成洋葱圈，让我流泪的机会倒不多；葱则多半细切成葱花，日日教我流泪的真正元凶是它！葱在厨事上用途广泛，那是从神农氏的时代便传下来的。相传神农尝百草尝出了葱的辛香美味，各种日常膳食必添加香葱调和，后人还给了它“和事草”的雅号。和事草，却天天令我泪眼汪汪。

怎么样可以切葱不流泪呢？儿子提议戴蛙镜。所以我的厨房配备，除了漂亮的围裙之外，还应该添置一只造型美观的蛙镜？古诗词里凡提到“葱”，十之八九意不在葱，都是在说女孩子纤细白嫩的手指头，比如欧阳修《减字木兰花》里“慢捻轻笼，玉指纤纤嫩剥葱”，可不是在描写厨房里的工作，说的是弹琴之手。而我，现在生活里非但再没有“玉指纤纤嫩剥葱”（我也会弹吉他呀）的画面，却要每天戴着蛙镜在厨房里剥葱吗？

我小时候其实不爱吃葱，葱、姜、蒜都不爱，都觉得它们有“怪味道”，吃完饭，我的碗里往往留下从菜、汤里挑出的葱姜蒜。母亲叹气：“挑这么干净，你还真有本事！”我爸便说：“吃葱才会聪明。”不知道是否受这种心理暗示，在这些辛香作料里，葱是第一个被我接受的。我必须坦白说，到现在，我碗里还是会常常留下姜与蒜，虽然我自己做菜也一样会用到它们，而葱倒是挺爱吃的。

吃葱才会聪明的信念，如今检验它，是不无道理的。各种医学保健信息里都说葱能杀菌，预防胃癌、乳腺癌，利尿等，还能促进血液循环，预防高血压导致的头晕，可使大脑保持灵活，预防老年痴呆。啊，让大脑灵活、预防老年痴呆，不就是让人保持聪明吗？广西有个习俗，是在每年农历六月十六夜里到菜园取葱给小儿吃，可让孩子“食葱聪明”。台湾民间则有未婚女子在元宵夜偷拔葱的习俗，用以祈求美满的姻缘。

西方人对洋葱更感兴趣，不仅饮食中广泛使用，甚至生菜里也有。欧洲中世纪时，洋葱还是胜利的象征。他们作战时，脖子上挂一个洋葱头，认为洋葱具有神奇的力量，可保护战士免遭剑戟弓箭之伤，还能激发勇气和力量，最终获得胜利。

小儿上了高中，未来还有许多仗要打，我又不能在他每次考试时叫他脖子上挂一个洋葱头去学校，那么，我就多多烹煮激发战力的洋葱炒蛋、黑胡椒洋葱牛小排、洋葱煨鸡翅，或是让大脑灵活的葱烧排骨、葱花蛋、葱爆鸡丁吧！流泪是必要的。

从气味开始

我对食物气味的选择往往更优先于它入口的味道，不能接受的气味，再苦口婆心告诉我多么好吃，都不想委屈自己的鼻子。嗅觉与味觉的位阶，至少应该是平等的。

曾去过一趟马来西亚，旅行愉快，唯一害怕的是不断被劝谏吃当地的榴莲。我知道这说出来一定令榴莲热爱者生气，但我真是连有人在一旁吃这水果都要屏息。当然，这是文化问题，臭豆腐的气味我就完全适应。

我的感官灵敏，从小视力好，做几十年书呆子没近视；偏偏怕看见成堆的木瓜子或扣子，在网络上写出这事，许多网友告诉我，这叫“密集恐惧症”。耳力不错，也有缺点，无法忍受尖锐嘈杂，大学就读的学校以舞会闻名校际，许多外校学生也争相跑来见识，我却从未久留一次，耳膜承受不了。现在则是害怕某些洗手间里犹如空袭警报的烘手机声，有时如厕到一半，警报响起，耳膜快穿洞了，得捂着耳朵如厕；有时正在洗手，身后警报一响，吓得仓皇逃难。是谁发明那样的机器？手湿了，弹弹手指头就干了，何况，我天天都带着手帕，多环保。至于嗅觉，老天啊，气味是感官中最无法自主控制的，呼吸事关生存啊。

所以谈食物，人们都说“色香味”，先是色，再是香，最后才说到味。对我来说，就算菜做得难看一点，如果香味扑鼻，还是会兴奋品尝的。

我的阳台小花台上，便经常种着薄荷、紫苏、迷迭香种种香草，早晨浇花时，总要靠近嗅闻，一天便始于这种清新。

自从做便当，现在老公、儿子回家，进门第一件事，便是用鼻子嗅一嗅，问我：“今天煮什么？好香。”

有天做红烧牛腩，我把几本食谱找来比较，最后选择了傅培梅的做法，因其看起来比较不油腻。整个房子被那氤氲香气充满——我知道，萝卜牛腩烧煮是香，但画龙点睛的则是那八角，没有八角，这香气是勾引不出来的。小火煨煮的过程中，香气弥天盖地，老公、儿子频频往厨房张望，满怀期待。

有一回我要去演讲，休一天假，反而比平日提早回家，便有充裕时间做个红葱头烧排骨。那排骨，多用长方形的腹肋排，先用酱油、米酒腌三十分钟。一小把红葱头碎末、几片姜入油锅爆香，取出备用。原锅中大火加入猪排，煎至两面金黄，转小火，加回红葱头和姜片，加入腌料（酱油、米酒）、八角三朵、米酒两大匙、酱油五大匙、盐少许，拌匀，再加入两杯清水，转大火，煮滚后转小火，加盖焖煮约五十分钟至红葱头化掉。最后拿掉锅盖，放入冰糖两小匙，以中火收汁，这个过程里必须不时翻动，以免烧焦，直到汤汁黏稠才大功告成。

当然香啊，红葱头伙同八角，把那排骨缠得荡气回肠，父子俩一进门便深呼吸。于是证明，美食的诱引，的确是先从气味开始的。

水果入菜

以前小孩曾问我，这个世界上你最喜欢、最喜欢吃的一种东西是什么？想了一下，我喜欢巧克力、各式甜点，喜欢海鲜，尤其是蟹脚，喜欢清爽的蔬菜；但如果只能选择一种食物的话，那一定是某种水果。然而我的困难是：要选哪一种水果呢？苹果、樱桃、草莓、水蜜桃、杧果、葡萄、西瓜……除了榴莲，我简直没有不吃的水果，而且什么都爱。最后我回答他的是——在日本吃到的水蜜桃。

这答案其实是夹带着旅行的滋味的。因为深爱旅行，旅途中的美好滋味，会乘以数倍保留在记忆之中。我们每次去日本，夜晚回饭店之前，总要到百货公司的地下超市去买三颗鲜嫩欲滴的水蜜桃。回旅馆房间吃水蜜桃，是一天疲惫行程的甜美谢幕。在奥地利旅行，我们则会到市场去买一大盒樱桃或蓝莓、覆盆子等浆果，当零食吃，尤其是樱桃，不黏手，最方便，外表又美，可以把它列在我的水果排行榜第二位。

小儿跟我一样，最爱的食物也是水果，而且他可以不假思索地说出答案：最爱杧果！他喜欢夏天，一大原因正是因为夏天才吃得到心爱的杧果。

在我还未做便当的时光里，每晚下班冲回家，第一件事情，就是去洗、切水果。小孩有什么话，都等到水果弄好了，一边吃，一边跟我说。那时冰箱里没有菜，没有肉，除了牛奶、鸡蛋、果汁，整个冰箱都是水果。每天一定要吃水果，这是家训。

家里每天饭后都会聚在一起吃水果，即使贫穷的童年，爸妈也会去寻找廉价的水果，以现在的眼光来看，购买盛产的水果，恰是最当时令的。我小时候热爱苹果，爸爸偶尔买到不是太贵的苹果，一次包下一大袋，每天给我吃一个，他却对哥哥说："苹果其实不好吃。"让他们吃西红柿、橘子。

中学时，有一次跟妈妈闹别扭，我不肯出去吃水果，恰好干姐林秀也在，她便来房间劝导我。我说我只是不想吃水果啊，秀姐说："可是你明知道，在你们家，吃水果是个仪式，你不出去吃，就是摆明了在跟妈妈生气啊！"

是的，在我们家，吃水果是个仪式，一日不可无此君。我婚后也沿袭这传统，每晚弄妥三份，老公经常晚归，留一份在餐桌上给他。现在孩子大了，未必要天天跟我一起边吃边聊，他自己捧到房里吃，我也随他去。

但面对每天的便当，做久了，真是变不出新花样。那就弄点什么水果到菜里吧！

餐厅里最常入菜的水果是菠萝，菠萝牛肉、菠萝虾球；虾球是炸的，便当不宜，我便不做。夏天有杧果，可以炒个香杧牛柳。牛柳先用酱油、酒、太白粉、橄榄油腌过，快炒过油捞起后，烧个芡汁（蚝油一汤匙、玉米粉一汤匙、水两汤匙），再下牛柳、杧果，略拌一下即可起锅，是省事的一道菜。杧果也可换成火龙果，或两种水果一起上场，颜色更漂亮。

我小时热爱的苹果也适合入菜，常做的是苹果鸡丁。鸡丁先用太白粉、盐、蛋清略腌，大火快炒捞出，爆炒葱、姜、甜椒或青椒，再加米酒、甜辣酱、鸡丁，起锅前加入苹果丁，勾芡拌匀。杧果入菜，香味浓郁；苹果入菜，甘甜之外还有种脆爽。当然蒸过后略为逊色，这就没办法了。

跟鸡对味的，还有梨，这道是从《随园食单》里学来。书里有一道“梨炒鸡”，试做后，老公、儿子都感到惊奇：“这道菜哪里学来的？好特别。”我则说：“古书上抄来的。”

他俩这么欣赏，是因为父子都喜欢吃梨，更胜苹果。梨子润肺，有时小孩感冒咳嗽，我会熬煮冰糖梨汁给他喝。这年头水果甜度高，甚至不需要冰糖，如果手边恰好有银耳、枸杞，都可加入。

老公看见我小火熬煮三四十分钟，熬出一碗热腾腾梨汤给儿子，心下羡慕。有一天，他也咳嗽了，喜滋滋地问我："我可不可以也喝那个？"原来他觊觎已久，早说嘛，我笑他："那个不用感冒也可以喝的。"

梨炒鸡

吩咐老公下班顺便带点鲜奶、马铃薯回来，并嘱咐如有漂亮的水果也买一点。他买回鲜奶、一大盒雪梨，却忘了马铃薯。这很正常，通常一次只能吩咐他做一件事，如今三样买了两样，命中率不算低。

那雪梨好漂亮好新鲜，夜晚开冰箱思考第二天菜单时，又见雪梨，那就做个梨炒鸡。

人的胃口是会变的。我记得儿子小时候，我们若去西餐厅，我多半点海鲜，老公勇于尝试，会先等我们决定了，然后点一道跟我们不一样的东西。儿子呢，最常点的是烤鸡之类。而现在，他告诉我比较不那么喜欢吃鸡。怪了？更进一步发现，他仍喜欢我做的炒鸡丁、洋葱鸡翅，不喜欢的是三杯鸡、芋头鸡、灼八块之类。综合分析，也就是不爱吃翅膀以外的带骨鸡肉。那么鸡翅之外，我得多多研究鸡胸肉的料理，毕竟没骨头，带便当比较方便。

于是，我在《随园食单》里发现了“梨炒鸡”这道吸引人的菜。

书中是这么说的：“取雏鸡胸肉切片，先用猪油三两熬熟，炒三四次，加麻油一瓢，芡粉、盐花、姜汁、花椒末各一茶匙，再加雪梨薄片、香蕈小块，炒三四次起锅，盛五寸盘。”

这菜单就食材来说比较麻烦。首先，“雏鸡”哪里去找？而且想到是小鸡，心里就觉得别扭。于是，在我手中我把它改成了土鸡里脊肉。再来，猪油也放弃了，健康第一，换橄榄油！鸡里脊或鸡胸肉、雪梨切薄片，泡过水的干香菇切小块，姜榨点汁出来，与麻油、芡粉、盐、花椒粒调成酱汁。大火快炒鸡肉片，加入酱汁，再下香菇炒熟；最后下雪梨片，炒几铲就起锅，让雪梨片仍保持甜脆。

没想到这一道菜大受欢迎，尤其是老公特别欣赏。花椒的辛香熏上肉片，与清新的雪梨一同入口，使得口感颇有层次。可我却不小心咬到了花椒，一股麻、刺的凉苦味久久不去。做菜，第一就是要有自省能力，想想这样太粗糙了，吃的时候还得小心拣掉花椒粒，宜改之。

后来在超市找到了小罐装的花椒粉，再做这道菜时便以花椒粉取代花椒粒，我觉得很好，但老公却怀念第一次吃到的味道，说花椒味比较浓、比较香。嗯，做菜，第二是要纳谏如流，再改进。

怎样解决花椒的问题呢？我决定鸡肉片先用花椒粉腌十分钟；油锅下肉片前，撒一把花椒粒，小火炒香，捞起，其他步骤与前述相同。如此，滋味浓郁，并且保有雪梨的清甜。我终于完成了美味的“梨炒鸡”，试验三次，成功！

以酒入菜

我早就知道自己是有点酒量的。小时候妈妈煮麻油鸡，那是大哥的最爱，但有次吃多了，平日沉默寡言的他，竟然滔滔不绝地说起学校的事。妈妈吓坏了，立即赶他上床去睡觉，我和二哥啥事也没有。

工作后我发觉，自己偶尔跟人拼酒并不落下风。留学时期，大伙喝酒，被看出我是颇有酒量的。婚礼那天，新郎新娘敬酒时，我一喝，根本是茶，拿起小酒杯，一口就干。伴郎悄悄指点："新娘不要喝太快。虽然是假的，还是要装一下。"新郎嘿嘿笑说："如果是真的，她喝得更快！"伴郎跟我老公是少年时一起长大的哥儿们，后来有一次到我家吃饭，酒足饭饱后满意地叹了一口气："本来遗憾Pocky结了婚，就没人跟我喝酒了，想不到照样可以去他家喝，而且还是跟他老婆喝！"

我的婚礼简直像一场闹剧。该准备"送客"时，二嫂慌张地到处找我，发现我坐在同学堆里拼酒。她大喝一声："该换礼服送客了，你还躲在这里喝酒啊！”老同学阿文说：“这个新娘到处灌客人酒，快把她带走吧。”从此老公认定他娶到的根本就是一个酒鬼。

酒啊，不会每天喝——那叫酗酒，但每天拿来做菜总可以吧。

冲洗台下的橱柜里，米酒、绍兴酒、乌梅酒、白酒，跟麻油、醋排在一块儿，在这里，都是调味料。米酒用得最凶，虽然平日不会去煮烧酒鸡、麻油鸡，但是大凡中国式的料理，都少不了它。海鲜烹调，加一大匙米酒可去腥；炒青菜时，加一茶匙可提味；三杯、红烧、醋熘、酱卤都少不了它，连炒个葱花蛋，加一匙米酒也会更滑嫩。

绍兴酒最好做醉鸡、醉虾。陈绍与酱油、冰糖共事，可炖出甘醇的东坡肉。

红酒、白酒、梅子酒甚至啤酒，则是牛肉、鸭、意大利面的良伴。对我而言，红酒是巴黎，在那里有我难忘的红酒炖牛肉。

啤酒烧鸭让我想起琦君。鸭肉有种腥味，其实不容易料理，琦君用啤酒、大葱小火炖，烧出来完全没有腥味。那个冬天，为写琦君的传记，我常一大早从南港乘地铁到淡水。彼时，琦君阿姨已失忆，每一次见，我都要重新介绍自己；然而说到做过的菜，她虽已无法描述细节，但对自己的手艺，还是隐隐得意的。

白酒属于意大利，白酒蛤蜊、蘑菇鸡肉、白酒蒜虾面……我曾为做意大利面时找不到白酒而失落。那个周末去超市采买，我在酒品区流连张望。

“又在看酒了！”老公仿佛抓到酒鬼一般的口吻。

“要煮意大利面啦！”

蔬菜中的牛排

小孩吃东西，视觉的感受先于味觉，因而外观是否吸引他，是很重要的。我小侄女小时不肯吃薏仁，说那是小牙齿；不吃豆豉排骨，说里面有蟑螂蛋。但是许多小孩喜欢吃花椰，我想，花椰长得像棵小树是主要原因。

还有菇类，长得像小雨伞，大部分小孩都喜欢。我就是这种小孩。

从小所有菇类来者不拒，最好是整朵给我，不要切片，放在碗里还要先欣赏一番。香菇是柄短短的伞，给矮人拿的；金针菇柄长、伞面小小的，是给瘦长的竹节虫撑的；蘑菇本身就是个小胖子，伞面和柄同高，只能让蚂蚁躲在里面；草菇最漂亮啦，送给蝴蝶；鲍鱼菇没办法当伞，倒像个大蒲扇。小时候没见过杏鲍菇，不然会分发它去当凉亭；不知有巴西蘑菇，不然会说它是英国卫兵吧。

我妈说她小时候吃香菇会醉，我无法理解，后来也不曾听过，我猜测一定是那锅香菇鸡加了酒，但她坚持说没有酒，真的是因为吃了香菇而醉。太怪了，后来我听过有人“茶醉”，便想着人各有体，什么可能都有的。

自古人们说“山珍海味”，“山珍”就是指香菇。吃素的人，最重要的蛋白质来源便是菇类，一些模仿肉类的素菜加工食品，仿得惟妙惟肖，就是菇类做的，有人还称它是“蔬菜中的牛排”。这可怪了，长得分明像植物的菇，质感却像肉？像牛排？以前在杂志上读过一篇文章，讨论菌类应归属动物还是植物，非常有趣。原来这个问题在生物界始终悬疑。

查阅资料得知，现在菇类所属的真菌，与动物、植物及原生生物并列为真核生物中的四个界。这样划分是根据基因研究的现代分类法，但若论生物的特质，菌类仍令人困惑。

早年的生物学家普遍把菌类归在植物界，它们由极细微的孢子来传播繁殖，只是没有叶绿素，不能进行光合作用。但有科学家在真菌中发现一种与水螅相似的小“动物”；且真菌在地球生命史的早期就已出现，加上没有叶绿素，不能自行制造食物，认为不应属于植物界。

说起来，菇类就像寓言故事里的蝙蝠，哺乳类、鸟类都不认它。最有趣的是，早年还有一派学者观察真菌的形态，认为它们皆是植物组织“分泌出的产物”，认为它们就像植物身上的废料，根本不能划入生物的范畴，说它们更接近矿物。

当然，现在我们知道那些植物的“分泌物”，就是真菌本身，是生物无误。

脱离植物独立出真菌界，是二十世纪初的事。现在普遍认为，它们兼具植物和动物组织的特质，例如它能直接进行氮交换，接近动物；而细胞构造有细胞壁和细胞膜，则近于植物。还有人说，真菌出现在这个世界上，似乎就是为了刁难研究者。争论似还延续中，但依我的观点，如果菇类也算动物，那么吃素的人未免太可怜了，单凭这一点，就绝不能把它们划入动物界啊！

也有一种“瑜伽素”，把食物分成悦性、变性和惰性食物三大类，认为不能进行光合作用、躲在阴暗处、寄托腐木生存的菇类，与肉类同样是没有生命能量的惰性食物。我想，妈妈声称她吃香菇会醉，一定是她的本质太勤劳了。至于我呢，觉得浮生悠悠，有时“惰性”一下又何妨？香菇多糖能抑制癌细胞的生长，天生万物各有所用，各有奥秘；只是痛风症患者不宜多吃，由于香菇的普林多蛋白含量较高，一如豆类、香蕉，会有负面作用。

亦荤亦素、不荤不素的菇类，在饮食中其实无所不在。看阿基师的食谱，炸豆包烧白菜，香菇先切粗条备用；蛋酥卤白菜，干香菇泡发后切小块备用；红烧匏瓜，香菇切丝备用……备什么用呢？跟葱蒜等作料一起炒香之用。几朵香菇，便能使自身缺乏气味的食材增添浓郁的香气。

菇类气味的极致在松露，动辄一株数百万元，吓死人！寻常人家，我们吃点香菇、蘑菇、杏鲍菇便非常满足了。

现在市面上流行起一小包、一小包的雪白菇、鸿禧菇、柳松菇、珊瑚菇，真空包装，漂漂亮亮。有时去超市买回一盒超大的波特贝勒菇，切片清炒、烩蚝油、单独盐烤或是上头镶肉、镶蛋烘烤，又或者，用西式香料腌过后油煎成牛排模样，味美鲜香，低卡又增免疫力，管它是动物、植物，还是惰性食物呢！

闲扯蛋

文学沙龙的朗诵会上，作家王盛弘朗读《料理一颗蛋》，述说母亲的爱。他中学时期，母亲不知从哪学来用蛋黄冲牛奶、糜汤给他做早餐，据说十分滋养。但他从不知道那没冲进牛奶的蛋清哪儿去了。与读者交流时，便有听众追根究底："后来你有没有弄清楚，蛋清到底哪里去了？"盛弘一时发窘："我下次回去问妈妈，我只知道她绝对不会浪费掉……"这时我自告奋勇起来解答："我知道……"

我只是揣测主妇可能的做法。自己吃掉？可能性很低，谁会刻意去吃个生蛋清呢？那么就是留着做菜了。去了蛋黄的蛋清可以做什么？最简单的做法就是午餐或晚餐时再做一道"蛋料理"，把多余的蛋清加进去就行了。但这种答案太简单，我得炫耀一下主妇的实务经验，我说了另一种可能。

炒肉片、炒鸡丁，下锅之前，先用蛋清、少许盐、太白粉腌过，然后热油锅，下肉片或鸡丁等快速拌炒，七分熟便捞起，这是所谓的“过油”。之后原锅将葱姜蒜或辣椒之类提味的作料爆香，再把配料倒入，可能是甜椒、胡萝卜、豆干、芹菜、小黄瓜、笋片、香菇等各种可能的蔬菜或豆类，大火快炒，之后放回肉片或鸡丁，最后再加入酱料调味，肉片会格外滑嫩。做滑蛋牛肉或滑蛋虾仁，一样先用蛋清腌一下，然后过油处理，才能有“滑”的口感。

所以我说：“蛋清应该是到肉里去啦！”台下爆出掌声，不管猜得对不对，这年头，有个职业妇女还能头头是道地讲出蛋清的作用，大家已经很感动啦。

我没有用蛋黄冲牛奶的习惯，所以跟盛弘母亲的情况倒过来，常常炒肉片时需要蛋清；打一颗蛋，取用一大匙蛋清出来。最后菜做好了，剩下那颗孤零零的蛋黄，便顺手做个葱花蛋、荷包蛋之类的。

而说起蛋，好奇怪，“蛋”这个字在我们的语汇里，好像都是负面的意思？一个迷糊的人被称为“糊涂蛋”，傻瓜是“笨蛋”，坏人是“坏蛋、混蛋”，穷人是“穷光蛋”，蛮荒之地是“鸟不生蛋”，不自量力是“鸡蛋碰石头”，死读书的学者是“蛋头”，要你离开时说“滚蛋”，无药可救时说“完蛋”，“蛋”还常常被用来骂人。可是，蛋是生命的起源呀！

蛋是普通人的营养圣品。盛弘的妈妈每天早晨用蛋黄冲牛奶给正在成长中的他。我母亲则说过她新婚不久时的一件趣事。那时她几乎不会做菜，当然更不懂得所谓“配菜”。一日，爸爸的老乡临时来访，她极热情地要做菜好好招待，结果菜端出来后自己也吓一跳：菜脯蛋、西红柿炒蛋、皮蛋豆腐、蛋花汤……一桌子全是蛋！那个年代，连冰箱都还没有，临时能拿出来招待客人的最好食物，就是蛋了。爸爸和老乡看着那一桌蛋，倒是都笑了。妈妈那时才十八岁。

小时候过生日，哪有什么生日蛋糕，蛋，倒是有。那好像是福州人的习俗，当天早上爸爸会煮鸡汤面线，每个人碗里有一颗鸡蛋，而寿星外加一颗鸭蛋。这就是我们的生日大餐。那么简单的一碗面线，怎么会那么好吃，那么教人怀念呢？

蛋是生命的起源，往往也是一个人练习厨事的起点。我年少时几乎没做过饭，但至少会煎荷包蛋。大学毕业后，家里的早餐经常由我来做，不过是烤吐司、荷包蛋之类。有时消夜煮泡面，还知道要加一颗蛋。

人到中年并不适合吃太多蛋，但成长中的孩子需要蛋。它有重要的蛋白质、卵磷脂，能提高免疫力。因此我做便当，几乎少不了蛋。时间充裕时，鲜菇烘蛋、竹笋烘蛋、丝瓜烘蛋、木耳炒蛋、胡萝卜炒蛋、涨蛋或蒸蛋轮番做；真没时间时，就做葱花蛋、荷包蛋。蛋也可进入主菜，比如滑蛋牛肉、滑蛋虾仁或鲜虾银芽烘蛋，都很受欢迎。周末，有时会做茶叶蛋，诀窍是用好茶叶，清香有味。

蛋的名菜，我所知不多，毕竟它太寻常、太平民了。听过一个附庸风雅的故事，有厨师用鸡蛋，以杜甫诗“两个黄鹂鸣翠柳，一行白鹭上青天。窗含西岭千秋雪，门泊东吴万里船”为题，做了四道菜。两个蛋黄旁加一棵碧绿青菜，即是“两个黄鹂鸣翠柳”；蛋清浇在一大片煮熟的菜叶上，那是“一行白鹭上青天”；“窗含西岭千秋雪”是蛋花汤，“门泊东吴万里船”是在清汤上头搁几片蛋壳。这什么跟什么呀，还是老实煮蛋吧。

最简单的水煮蛋，也是有操作定律的。有一回公婆、大姑一家来过夜，我晨起做水煮蛋。婆婆问我用什么办法把蛋煮得恰到好处。我马上找出了一个定时器送给她：“有这个就万无一失了。”

把水煮开（可加一小匙盐，据说这样鸡蛋不易煮破），转小火，把蛋轻轻放进去，然后转动定时器。八分钟后定时器响起，关火，蛋黄会恰好在刚凝结还未老的状态，颜色仿佛夕阳。（喜欢流动蛋黄的，可定六至七分钟。）对于水煮蛋，是一定要“科学操作”、严格计时的，其他菜尚可察言观色凭感觉，而蛋壳里的变化是茶壶内的风暴，外观完全看不出来呀。

不过倒也不是人人都喜欢吃蛋。我在洛杉矶念书时，同学绍谊就不吃蛋，有时我们约好课后一起去图书馆找数据，为省时，我先做好三明治，也帮他带一个，这样就不必跑餐厅了。

他却面有难色，因为里面有煎蛋。“蛋欸，你不敢吃？”他说吃完蛋以后，嘴里有种不太好的气味。

这并不奇怪，每样食物总有不吃的人，我不吃生鱼片，也很多人嫌我怪。大学时碰到一个建筑系男生，他不吃还有“蛋的形状”的蛋。

“什么？蛋不就是椭圆形吗？椭圆形碍着你了？”我问他。他说不知道，就是不喜欢，所以他可以吃蒸蛋、炒蛋，但是不吃水煮蛋、茶叶蛋。

“荷包蛋呢？已经不是椭圆形了。”

“也不太吃，看起来还是一颗蛋。”

“那打散的煎蛋呢？”

“也吃，看起来还是一颗蛋。”

迎面走来一位鹅蛋脸的女孩，我说：“她漂亮吗？”他摇头。

“我知道了，她的脸让你想到蛋，对不对？”

树的耳朵

木头怎么会长耳朵啊？小时候一听到“木耳”这个名字就一直笑，想象它是树的耳朵，咬起来清脆的口感，令我忍不住摸摸自己的耳朵。它能帮树听听风的声音、海的声音、蜜蜂的嗡嗡、小鸟的啾啾，还有人的话语吗？

小学六年级那年，我开始带便当，因为爱吃木耳，我的便当里常有花枝炒木耳、木耳炒花椰。我和秀凤要好，常常交换便当里的食物，她竟是生平第一次吃木耳，直说好吃。隔两天，她喜滋滋地打开便当给我看，有一道木耳炒肉丝，她说她回家问妈妈木耳贵不贵？她以为那是非常珍稀的食物，她母亲说不贵啊，第二天便去市场买木耳做给她吃。

秀凤的母亲年纪比较大，满头白发，又说一口福州话，我第一次看到时以为是秀凤的祖母。尽管对福州话一窍不通，但听见秀凤跟她母亲用福州话交谈，还是觉得好亲切。我们共享便当，发觉两家都吃红糟，那是福州人喜爱的食材。这一天，两个便当里都有木耳，我们咬起来“喀喀喀”，不觉相视笑了。

日前林文月老师做东，请我和林水福先生吃饭。有一道木耳肉片，炒得相当可口，听说是野生黑木耳，薄薄的，特别脆。林水福老师对我说：“木耳是平常不太会去买的菜，多吃一点！”怎么会呢？我说：“我常吃啊！”卖场中常有小盒包装的有机黑木耳，我可是每周带上一小盒，做菜时经常抓两三朵出来切片或切丝，就像胡萝卜一样，作为许多菜的基本配料。

木耳通常是配角，有一道“木须蛋”，木耳切丝炒蛋，算是主角之一了，可是这道菜的菜名却是个误会。“木须”就是蛋，哪有蛋炒蛋？“木须”是北方人的说法，本来说的是“木樨”，也就是桂花，炒蛋的嫩黄色泽似小小的桂花，真会取名字啊。原来是因为有个更为有趣的传说。过去在宫廷里，宫里的太监对“蛋”这个字特别敏感，大家不敢在公公们面前提起“蛋”，就想了个美丽的名字“木樨”，叫着叫着就变成“木须”了。

木耳还有个阔气的亲戚——白木耳，它有个美丽的别名，叫银耳。但是我觉得它不像耳朵，倒像海葵或是盛放的白色牡丹。这样洁白美丽、长在朽坏腐木上的花朵，本身就有强烈的隐喻，加上滋阴润肺、生津补气、润肤养颜等药效，比起木耳，就真的是贵气了。

现如今的“红楼宴”中，那道鸽子蛋，不知怎么演变成了做法复杂的“银耳鸽蛋”。我有点固执，只愿拿黑木耳炒菜——是小日子的家常菜；拿白木耳做甜汤——冰糖银耳莲子汤、红枣银耳南瓜汤，都让人觉得贵气而满足。

便当之三国演义

天天要做蛋食，想不出新花样了，来个三色蛋吧。先处理皮蛋，两颗皮蛋带壳煮七分钟，放凉后剥壳，拿出一把极薄极快的小刀，切成边长不到一厘米的小块。再如法切两个咸蛋。鸡蛋五颗，打散，少许盐即可，因为咸蛋、皮蛋已有咸味；调四大匙高汤，二分之一大匙色拉油，细心调匀，尽量别起泡。取方型容器——我用的是玻璃保鲜盒，薄薄抹一层油，把咸蛋、皮蛋均匀铺上，再小心倒进蛋液，不用搅拌，稍晃均匀就好。皮蛋是“浊物”，一搅，颜色就灰了。进电饭锅加一杯水蒸熟，稍凉后倒扣出来，就是个三色“蛋糕”。

小儿口味清淡，喜欢自然食材，平日并不爱吃咸蛋、皮蛋这类加工食物，不过偶尔总得变变花样。

三色蛋还可以做进阶版。把新鲜鸡蛋的蛋清、蛋黄分开。蛋清加三匙高汤，蛋黄加一匙汤，各少许色拉油，拌匀。咸蛋、皮蛋铺进方盒，倒入蛋清，半杯水先蒸七分钟，开锅确认凝固了，倒进蛋黄液，半杯水再蒸七分钟。这样做，使得成品切出来有一层金黄色的外皮，更美；可蘸白醋，当成冷盘。

我在洛杉矶念书时，也常玩这种把戏，但不是做三色蛋，而是三色果冻。美国人的超市里有各式各样的果冻粉、布丁粉，只要按照步骤做，再笨都做得出来。但这怎能凸显我的“贤惠”呢？于是我先在杯子里倒一层葡萄果冻液，进冰箱凝结了，取出来，倒进布丁汁，等待凝固，最后再倒进柳橙果冻液，再进冰箱，出来就是一杯杯的三色果冻了。分明是现成的材料，只是分三梯次进行，附带诚意，而且“三”者为多，第一次吃到的人不免惊喜。

“三”者为多，怕菜单调，经常也要配个三色蔬：茭白笋、紫椰菜炒糯米椒；芦笋、玉米笋炒胡萝卜；节瓜、美白菇炒木耳；红甜椒、黄甜椒炒蘑菇……随你怎么配，无三不成理，只要三种颜色，就是三色蔬了。

海鲜要三鲜，鲜虾、干贝、花枝，或是海参、蛤蜊、鱿鱼，又或者不一定都用海鲜，有时猪腰、鸡胸肉片、鲜菇也能算一份，总之凑三个主角，或炒，或炝，或烩，三鲜是基本菜品。

红烧肉，也非“三层肉”（即五花肉）不可，而且要连皮，视觉上也是三色、三种质感（瘦肉、肥肉、皮），太瘦的肉，白糟蹋了红烧的火候。

我做便当，三道菜为大原则。为我热爱三国历史的小孩，我在厨房里水掠火攻、神谋妙策，进行着一日日的便当演义。

第五章

▽

食光家常菜

“烟火”一词，既代表了人家、人口集中，也代表了后代子嗣；中国是最食烟火的民族。

现在有时老公夜归，我会问一句：“吃了没？”“要吃点东西吗？”

然后炉子一热便可端出消夜。

家中开伙之后，气氛有了微妙的变化，实在难以言说。

丝瓜炒蛋

材料

丝瓜一条、鸡蛋二颗、盐半小匙。

做法

① 丝瓜切1.5厘米厚片。
② 鸡蛋打散，少许油，小火煸炒成散粒。
③ 放进丝瓜片，盖上锅盖，转最小火焖，过程中不时掀盖略翻一下，避免丝瓜黏锅烧焦，出水后盖锅盖续煮至软，少许盐起锅。

孜然蒜香干煸杏鲍菇

材料

杏鲍菇200克、蒜末一大匙、孜然粉一茶匙、胡椒盐适量。

做法

① 杏鲍菇切厚片。
② 热锅，小火用橄榄油把杏鲍菇煎黄，加点蒜末续炒至干香。
③ 起锅前撒上胡椒盐和孜然粉炒匀。

▽

小贴士：可把这道孜然杏鲍菇铺在意大利面条上。

图片摄影：C.C.Tomsun

图片摄影：C.C.Tomsun

图片摄影：C.C.Tomsun

菊花小管

材料

小管6～8只、胡萝卜数片、节瓜（或小黄瓜）数片、柠檬胡椒盐适量、酱油膏适量。

做法

① 小管去除头、尾（可留下另做三杯小管），保留身体，撕去薄膜，切成4厘米长的圆圈，由上纵切3厘米，不要切断。

② 水开后加入小管烫熟立刻捞起，便成菊花状。

③ 胡萝卜、节瓜（小黄瓜）片烫熟，摆盘作为衬底，菊花形状的小管摆放其上。小管撒柠檬胡椒盐，酱油膏另放小碟，供胡萝卜、瓜片蘸食。

图片摄影：C.C.Tomsun

咖喱四季豆马铃薯

材料

马铃薯2～3个、玉米笋六支、四季豆一小把、糯米辣椒四根、大蒜六瓣、奶油一大匙、橄榄油三大匙、印式咖喱粉二大匙、盐少许。

做法

① 马铃薯切厚片，玉米笋对半横剖，四季豆去两端、去筋后切段。
② 奶油一大匙、橄榄油三大匙入煎锅加热后，放入糯米辣椒、大蒜、咖喱粉，大火拌炒一下，把马铃薯片加入锅中，少许盐调味，让马铃薯充分裹上奶油、香料。
③ 放入四季豆、玉米笋，盖上锅盖，转中小火，中间不时翻动以免黏锅，约15分钟马铃薯熟透即成。

材料

茄子一条、新鲜干贝六个、柠檬汁少许、白酒一小匙、蒜末一大匙、盐少许、黑胡椒粉少许、橄榄油1/2大匙、奶油1/2大匙。

做法

① 茄子洗净，切厚约3毫米的斜片，泡入水中备用。

② 热橄榄油，将备好的茄子以中火煎至两面上色，一边撒少许盐、黑胡椒粉，起锅备用。

③ 干贝擦干，撒少许盐。

④ 橄榄油、奶油各1/2大匙，小火爆香蒜末，转中大火放进干贝，每面各煎约2分钟，其间撒上黑胡椒粉，煎至两面金黄（不需要全熟，余热可把中心焖熟），撒上柠檬汁、白酒，起锅。

⑤ 把香煎茄子叠上干贝即成。

干贝茄子塔

图片摄影：C.C.Tomsun

图片摄影：C.C.Tomsun

苹果养生鸡

材料

鸡腿肉200克、富士苹果半个、美白菇一小包、木耳少许、胡萝卜少许、节瓜一条、葱一支、蒜三瓣、姜少许、高汤200毫升、蛋清一大匙、绍兴酒一大匙、酱油一大匙、白胡椒粉一小匙、盐1/2小匙、太白粉一小匙、香油一小匙。

做法

① 鸡腿肉去皮、脂肪，切薄片，腌10分钟（腌料：盐、白胡椒粉、太白粉少许、蛋清一大匙）。

② 木耳、胡萝卜、节瓜切片，美白菇洗净剥开，苹果连皮切薄片。

③ 鸡肉过油（在热油中泡30秒）捞出。

④ 锅内留少许油，美白菇炒香并出水，取出，滤掉水分。

⑤ 另起锅，爆香葱、姜、蒜，加入木耳、胡萝卜、节瓜炒软，加入做法④中炒好的美白菇及做法③中过好油的鸡腿肉，淋上绍兴酒拌炒后，加入高汤煮滚。

⑥ 加入酱油、白胡椒粉、盐，煮匀后，勾芡、滴香油。

⑦ 将作法⑥中完成的所有材料倒入烤盘，排上苹果片，放入烤箱，两百度烤15分钟即成。

图片摄影：C.C.Tomsun

图片摄影：宇文正

雪菜焖豆腐

材料

板豆腐一盒、雪菜100克、绞肉100克、高汤200毫升。

做法

① 豆腐切成长方体，热油大火炸成表面金黄，取出把油滤干。

② 另锅炒香绞肉，加入雪菜略炒后加入高汤、豆腐，煮滚后转小火，盖锅焖烧约10分钟收汁后即成。勿加盐，雪菜本身已有咸味了。

百花镶豆腐

材料

虾仁200克、板豆腐一盒、葱姜盐各1/4小匙、糖少许、白胡椒粉少许、太白粉一大匙、香油少许。

做法

① 葱、姜切成末（也可加碎荸荠或香菇末）。

② 虾仁剁拍成泥，和葱末、姜末、盐、糖、白胡椒粉搅拌均匀，再加入太白粉、香油拌匀，捏成一颗颗小球。

③ 板豆腐切厚片，挖小圆洞，洞的边缘抹少许太白粉，把虾球塞进去。进电饭锅蒸10分钟即成。（挖出的豆腐小球可捏碎加入虾浆之中。）

三色蛋

材料

皮蛋二颗、咸蛋二颗、鸡蛋五颗、盐少许、高汤四大匙、色拉油1/2大匙。

做法

① 皮蛋带壳煮7分钟，放凉后剥壳，切成边长不到1厘米的小块，咸蛋亦切小块。
② 新鲜鸡蛋把蛋清、蛋黄分开。
③ 蛋清加三匙高汤，蛋黄加一匙汤，各少许色拉油，拌匀。
④ 咸蛋、皮蛋铺进方盒，倒入蛋清，外锅加半杯水蒸7分钟。
⑤ 开锅确认蛋清已凝固，倒进蛋黄液，外锅加半杯水再蒸7分钟。
⑥ 稍凉后倒扣出来切片，即成。（如做冷盘，另备白醋沾食。）

图片摄影：Paul Sun

材料

鸡翅600克、洋葱一个、葱三根、酱油二大匙、酱油膏一大匙、米酒一大匙、盐少许、白胡椒粉少许、水500毫升。

做法

① 鸡翅用酱油一大匙、米酒一大匙先腌15分钟。

② 洋葱切丝，葱切段。

③ 热一锅油，将作法①中腌制好的鸡翅以中火炸至金黄，取出。

④ 锅留少许油，大火爆香洋葱、葱段，加入酱油、酱油膏、米酒、盐、白胡椒炒匀，再加水，煮滚后转小火煨煮约30分钟，再以中火续煮5分钟收汁即成。

双葱煨鸡翅

图片摄影：宇文正

材料

鲑鱼二片、洋葱半个、西红柿二个、蘑菇十个、蒜头一小把、姜片适量、米酒二大匙、蚝油一大匙、酱油膏一大匙、西红柿酱三大匙、白胡椒粉一小匙。

做法

① 鱼洗净，用米酒一大匙、盐少许腌5分钟。

② 洋葱、西红柿切块，蘑菇泡水2分钟，沥出孢粉。

③ 热油小火把蒜头瓣炸成金黄色，取出。

④ 热平底锅，放少许油（鲑鱼自己会出油），将腌过的鲑鱼煎至两面酥黄，取出。

⑤ 另热一深锅，下姜片，炒香洋葱、西红柿块，续加入米酒、蚝油、酱油膏、西红柿酱、白胡椒粉等调味料，炒匀后，加入鲑鱼、蒜头，再加入可淹过所有食材的水，煮开后转小火，续煮约15分钟即成。

茄汁鲑鱼排

图片摄影：宇文正

图片摄影：宇文正

萝卜烧牛腩

材料

牛腩800克、白萝卜一条、蒜瓣一小把、姜片适量、葱花二大匙、米酒三大匙、酱油五大匙、八角三朵、糖一小匙、水约1000毫升。

做法

① 牛腩入开水煮30分钟，过程中不断捞去浮油、渣滓；取出牛腩切段，汤汁留下。

② 热油爆香蒜瓣、姜片，加米酒、酱油、八角、糖等调味料，再放入牛腩、滤去油渣的汤汁，煮滚后转小火，盖锅盖炖1小时。（过程中偶尔掀开，捞去浮油、渣滓，烧出来的牛腩色泽美不油腻。）

③ 白萝卜切块，放进锅里小火续煮30分钟，试吃咸味是否适中，稍作调整；掀开锅盖小火续煮约10分钟略为收汁，撒上葱花即成。

图片摄影：宇文正

培根芦笋卷

材料

培根一包、芦笋250克、黑胡椒粉适量。

做法

① 市售培根对半切成两段；芦笋去尾部粗段，切成7厘米左右。

② 培根平铺，包进芦笋数支卷起，以较细的泰国芦笋为例，每卷约可放进六支芦笋。撒少许黑胡椒粉。

③ 放进平底锅小火慢煎，不需要放油，培根本身会出油，约3分钟后翻面，煎到两面金黄后即成。

▽

小贴士：网络食谱教学中，通常先将芦笋烫熟并加盐调味。建议芦笋不需另外调味，原味芦笋恰可中和培根的咸味；也不必先烫熟，会过于软烂，小火煎培根卷的过程，足可让芦笋熟透且保持甜脆。

图片摄影：宇文正

彩椒菜心

材料

红甜椒半个、黄甜椒半个、大白菜梗一碗、青江菜梗一碗、胡萝卜一截、蒜片一小把、葱一根（切段）、米酒一大匙、盐一小匙、香油少许。

做法

① 红甜椒、黄甜椒、大白菜梗、青江菜梗、胡萝卜全部切成条状。

② 热锅，橄榄油爆香蒜、葱，加入所有蔬菜，边炒边加入米酒、1/3碗水，炒至大白菜梗、青江菜梗微软，加盐调味，滴几滴香油起锅。

▽

小贴士：这一道做法简单，适合作为便当菜，白菜、青江菜等取梗，较不怕蒸；取材可随意变化，空心菜梗、玉米笋、芦笋、节瓜，甚至绿花椰的菜心皆可搭配。

图片摄影：宇文正

烤豆腐

材料

板豆腐一盒、黑芝麻一小匙、白芝麻一小匙、米酒一大匙、酱油四大匙、黑胡椒半小匙、香油半小匙。

做法

① 豆腐切片（约1厘米厚），在烤盘上薄薄抹一层油，进烤箱250度烤15分钟。

② 调匀酱油、米酒、黑白芝麻、黑胡椒、香油等酱汁。

③ 预烤15分钟后，取出豆腐，均匀铺上做法②中做好的酱汁，再放回烤箱两百度续烤10～15分钟即成。

材料

大白菜十二叶、绞肉50克、葱屑二大匙、盐1/2小匙、酱油一小匙、米酒一小匙、太白粉一小匙、香油一小匙。

做法

① 大白菜一叶一叶细心剥开，切除叶边，取13厘米左右叶梗。入锅烫软后放进凉水冷却，沥去水分。每片叶梗从中间纵切几刀，但不割断。

② 绞肉加入葱屑、盐、米酒、太白粉等拌匀，搓成一个个小肉丸（也可加入香菇或荸荠末）。

③ 肉丸包进经做法①处理后的白菜梗里，折成菊花包；摆盘，进电饭锅加一杯水蒸熟。出锅后，淋一大勺热鸡汤。

佛手白菜

图片摄影：宇文正